Konrad Potthoff

Wilhelmine greift ein

Konrad Potthoff

Wilhelmine greift ein

DER KINDERBUCHVERLAG
BERLIN

Illustrationen von Thomas Schallnau

ISBN 3-358-00961-0

Wie ich Wilhelmine kennenlernte

Da mich einige Kinder gefragt haben, woher ich denn die Geschichten über Wilhelmine wüßte und ob sie alle wahr wären, habe ich mich nunmehr dazu entschlossen, das bisher sorgsam gehütete Geheimnis zu lüften: Wilhelmine selbst hat mir die Geschichten erzählt. Ich verrate es, um mich zu verteidigen, denn erst neulich sagte ein Lehrer für Mathematik und Physik zu mir: „Solch einen Unsinn kann man sich doch gar nicht ausdenken!"

Recht hat er, der Herr Lehrer, das kann man nicht, und deshalb erzähle ich nun von meiner Begegnung mit Wilhelmine, dem Universalroboter, deren Abenteuer erst im 24. Jahrhundert stattfinden werden.

Es war vor einigen Jahren im August. Der Ort des Geschehens: eine Wiese nahe des großen, zentralen Pionierlagers in Friedrichsbrunn. In dem Lager war ich während der Sommerferien als Wecker beschäftigt. Jeden Morgen, Punkt 6.30 Uhr, mußte ich über Funk die Kinder wecken. Außerdem leitete ich noch einen Zirkel Junger Biologen. Ich studierte damals Biologie und wollte ein bedeutender Wissenschaftler werden.

An dem Tag, der für mich so wichtig wurde, hatte ich frei. Und weil ich, wie bereits erwähnt, ein bedeutender und berühmter Wissenschaftler werden wollte, saß ich schon drei Stunden vor einem Mauseloch. Ich wartete, daß eine Eidechse, die bei meinem Anblick dort hineingeflüchtet war, wieder herauskommen würde. Ich bildete mir nämlich ein, es wäre eine Smaragdeidechse gewesen, die im Harz sehr selten oder gar nicht vorkommt. Diese Frage wollte ich klären, doch die Eidechse dachte gar nicht daran, mir dabei zu helfen. Doch auch die klügste Eidechse vergißt einmal die drohende Gefahr.

Aber genau in dem Augenblick, als ich erstmals wieder ihre Nasenöffnungen am Rande des Loches erblickte, flüsterte es hinter mir: „Chef, hier ist was oberfaul!"

Erschrocken drehte ich mich um. Was ich zu sehen bekam, war nicht geeignet, mich zu beruhigen. Hinter mir stand ein Roboter, besser gesagt, er sah so aus, wie ich mir immer einen Roboter vorgestellt hatte: wie ein Kanonenofen mit Armen, Beinen, Hebeln und Objektivaugen. Was mir aber gleich seltsam vorkam – er hatte eine Gärtnerschürze umgebunden, hielt eine Gartenschere in der Hand, und auf dem Kopf trug er einen Strohhut mit Kunstblumen. Ich fragte mich daher besorgt, ob ich nicht vielleicht doch ein wenig zu lange in der Sonne gesessen hatte, und kniff mir vorsichtshalber ins Bein. Doch der Roboter blieb. Er hob ein kleines schwarzes Kästchen vor seinen Mundlautsprecher und flüsterte: „Chef! Holt mich sofort zurück! Hier sitzt ein menschenähnliches Wesen, guckt Löcher in den Boden, scheint etwas dümmlich zu sein, redet nicht. Im Tertiär gab es doch aber keine Menschen!"

Der Roboter horchte eine Weile, eine Antwort war jedoch nicht zu hören. Da setzte er sich in Bewegung und näherte sich mir mit der Eleganz eines mittelgroßen Schreitbaggers.

„Hör sofort mit dem Blödsinn auf, ruf das Ungetüm zurück!" brüllte ich möglichst laut, denn ich war natürlich zu der Überzeugung gekommen, daß hinter irgendeinem Busch der Leiter der AG „Junge Zukunftsforscher" sitzt, um mich mit diesem ferngelenkten Sperrholzroboter zu ärgern.

„Ruhig, ganz ruhig!" sagte der Roboter zu mir. Etwa so, wie ein Dompteur mit einem verletzten Löwen spricht.

„Ich heiße Wilhelmine! Bleiben Sie ganz ruhig, ich tue Ihnen nichts. Wenn alles gut geht, bin ich in wenigen Augenblicken verschwunden. Nur eine Bitte habe ich: Könnten Sie mir sagen, welches Datum wir heute haben?"

„Heute ist der 23. August", flüsterte ich.

„Quatsch!" brüllte der Roboter. Und obwohl ich im Sportunterricht immer nur die Noten Zwei und Drei bekam, sprang ich vor Schreck ohne Anlauf auf den untersten Ast eines neben mir stehenden Baumes.

„Kommen Sie wieder herunter“, knurrte Wilhelmine, griff mich im Genick und setzte mich behutsam auf den Boden.

„Ich wollte das Jahr wissen.“

„1972“, hauchte ich.

„Aha!“ brummelte Wilhelmine. „Verflixte Technik!“

„Woher kommst du eigentlich?“ wagte ich es, schüchtern zu fragen, denn nach dem ersten Schreck wurde ich nun allmählich neugierig.

Wilhelmine betrachtete mich eine Weile schweigend.

„Aus dem 24. Jahrhundert“, sagte sie dann endlich.

„Und wohin willst du?“

„In das Tertiär, ein paar Pflanzen holen.“

Nun wußte ich wenigstens, was dieser alberne Aufzug zu bedeuten hatte.

„Aha!“ sagte ich. „Und wie gelangst du dorthin?“

„Mit einer Zeitmaschine natürlich“, sagte der Roboter, als wäre das die natürlichste Sache der Welt. Seltsam, ich begann diesem Ungetüm zu glauben.

„Und was willst du hier, im 20. Jahrhundert?“

Der Roboter wurde richtig verlegen. Er trat von einem Bein auf das andere, was ein lokales Erdbeben verursachte.

„Ein bedauerliches Mißverständnis“, flüsterte Wilhelmine. „Entweder die Zeitmaschine ist kaputt, oder ich habe sie falsch eingestellt. Nun muß ich hier warten, bis man den Schaden bemerkt und mich zurückholt.“

Danach sahen wir uns eine Weile gegenseitig neugierig an.

„Was machen Sie denn da?“ wollte Wilhelmine dann wissen. Ich erklärte es ihr.

„Es war eine Lacerta agilis, eine Zauneidechse“, sagte Wilhelmine, als ich mit meiner Erklärung fertig war. „Als Sie auf dem Baum saßen, ist sie entwischt, ich habe sie gesehen.“

Das war vielleicht eine Enttäuschung für mich! Aber während ich noch überlegte, ob es sich lohne, ein bißchen zu weinen, kam mir plötzlich eine tolle Idee!

Ich fragte Wilhelmine, wie eine Zeitmaschine funktioniert. Denn eigentlich ist es doch egal, ob man Biologe oder Physiker wird. Hauptsache, man entdeckt etwas Großartiges. Und wenn Wilhelmine mir die Arbeitsweise der Zeitmaschine erklärt hätte . . ., gar nicht auszudenken, was das für eine wissenschaftliche Sensation geworden wäre.

Aber . . . Wilhelmine überlegte eine Weile, sah mich prüfend an und sagte schließlich: „Es ist sinnlos, Sie würden es nicht verstehen!"

„Ich studiere Biologie!" protestierte ich. „In allen naturwissenschaftlichen Fächern gehörte ich stets zu den Besten, Mathematik ausgenommen!"

Wilhelmine blickte mich mitleidig an.

„Aus Ihnen wird niemals ein ordentlicher Naturforscher", sagte sie bedauernd. „Das erkenne ich auf den ersten Blick. Aber es gibt noch einen anderen Grund, weshalb Sie das Prinzip der Zeitmaschine nicht verstehen würden: Es wäre nämlich dasselbe, als würden S i e versuchen, einem Neandertaler die Arbeitsweise eines Kofferradios zu erklären."

„Soso . . .", sagte ich ganz verschüchtert. Mir würde es, um ehrlich zu sein, nicht einmal gelingen, einem Menschen der Jetztzeit ein Kofferradio zu erklären. Aber ich ließ nicht locker! Wenn einem jahrelang eingeredet wird, man könne ein bedeutender Wissenschaftler werden, dann gibt man diesen Gedanken nicht innerhalb von fünf Minuten auf!

„Also gut!" sagte Wilhelmine endlich. „Ich werde versuchen, dir das Prinzip der Zeitmaschine zu erklären." Sie sagte plötzlich du zu mir, wahrscheinlich, weil sie nun wußte, daß aus mir kein Wissenschaftler werden wird. „Also, paß auf, du bist zu Hause, und es klingelt an der Wohnungstür. Aus irgendwelchen Gründen bist du verhindert und kannst die Tür nicht öffnen. Du möchtest aber erfahren, wer der Mann war. Durch das Fenster siehst du ihn die Straße entlanggehen, kannst ihn aber nicht mehr erkennen. Was tust du?"

„Ich würde warten, daß er nochmals wiederkommt."
„Idiot!" heulte Wilhelmine. „Wissenschaftler sind neugierig und nicht so faul wie du!"
„Wenn es eine hübsche Frau gewesen wäre", versuchte ich mich zu verteidigen, „dann hätte ich mich auf das Fahrrad gesetzt und wäre hinter ihr hergefahren, um zu sehen, wer sie war."
„Gut!" Wilhelmine war zufrieden. „Das Fahrrad ist die Zeitmaschine."
Ich muß etwa wie eine Geburtshelferkröte ausgesehen haben, vor deren Augen sich ein Schmetterling entpuppt. Nicht sehr verständnisvoll. Deshalb gab Wilhelmine noch einige Erläuterungen.
„Von der Erde wird laufend Licht reflektiert und in den Weltraum gestrahlt. Nun braucht man nur mit entsprechender Geschwindigkeit dem Licht nachzueilen, und dann kann man betrachten, was vor Jahrmillionen auf der Erde geschah."
Ich versuchte möglichst intelligent auszusehen.
„Das ist ja alles sehr nett, was du mir da erzählst. Aber dann müßtest du dich doch eigentlich jetzt im Augenblick einige Lichtjährchen jenseits des Planeten Pluto befinden, und statt einer Gartenschere müßtest du ein Riesenteleskop bei dir haben. Du stehst jedoch neben mir, und ich kann dich anfassen."
Wilhelmine blieb gelassen.
„Nehmen wir mal an, ich hätte dir eben nicht die Zeitmaschine, sondern statt dessen das Kofferradio erklärt."
„Na und?"
„Dann hätte ich dir soeben gesagt, daß sich an der Rückwand des Radios eine Schraube befindet, die nach links drehbar ist. Und daß man diese herausschrauben muß, um in das Innere des Gerätes zu schauen."
Langsam begann ich einzusehen, daß ich das Prinzip der Zeitmaschine niemals verstehen würde. Ich gab es auf.
„Aber was soll denn nun aus mir werden?" sagte ich traurig zu

Wilhelmine. „Ich bin der einzige Mensch, dem das Glück vergönnt ist, einem Roboter aus der Zukunft zu begegnen. Und was habe ich aus dieser einmaligen Chance gemacht? Nichts! Niemand werde ich von unserer Begegnung erzählen können, ich wäre sofort blamiert."

Wilhelmine dachte eine Weile nach.

„Vielleicht kann ich dir helfen", sagte sie nach einer Weile. „Ich werde dir ein bißchen aus der Zukunft erzählen."

„Ich verstehe ja doch nichts . . .", sagte ich niedergeschlagen.

„Keine Angst", beruhigte mich Wilhelmine. „Ich werde dir zum Beispiel von Kindern Geschichten erzählen. Davon, wie man in der Zukunft lebt. Es sind alles wahre Geschichten. Ich war immer dabei."

„Und was soll ich mit diesen Geschichten anfangen?"

„Himmel, bist du begriffsstutzig!" rief Wilhelmine. „Werde Geschichtenerzähler! Erzähl meine Geschichten weiter. Damit die Kinder deiner Zeit erfahren, daß die Zukunft nicht nur schön, sondern auch interessant wird."

Und dann erzählte mir Wilhelmine in unheimlicher Geschwindigkeit ihre Abenteuer. Natürlich nur in Stichworten. Ich versuchte, sie mir alle zu merken.

Ja, und dann?

Plötzlich war Wilhelmine nicht mehr da. Verschwunden, wie sie gekommen war, ohne Spur und ohne Verabschiedung. Wahrscheinlich hatte man sie ins 24. Jahrhundert zurückgeholt.

Ja, so war das damals. Aus mir ist dann wirklich kein ordentlicher Wissenschaftler geworden. Wilhelmine hat recht behalten. Aber sie mußte es ja wissen. Schließlich ist sie ein Universalroboter aus dem 24. Jahrhundert!

Wilhelmine rettet die Erde

I.

Weit von uns, in der Unendlichkeit des Weltalls, taumelt ein Planet durch Raum und Zeit, der von seinen Bewohnern Chao genannt wird. Sie selbst bezeichnen sich als Chaoten, und das stimmt auch. Es sind eigenartige Wesen, können nicht viel, doch eines perfekt: Wo auch immer sie sich befinden, zerstören sie alles und hinterlassen ein völliges Durcheinander. Was wohlgeordnet ist, müssen sie kaputtmachen, nicht einmal vor Lebewesen schrecken sie zurück.

Abends dann, nach Beendigung ihres seltsamen Tagewerks, setzen sie sich gern gemütlich zusammen und rühmen sich ihrer Untaten. Dabei versucht jeder, der Größte zu sein.

„Ich habe mich heute in einen Heuschreckenschwarm verwandelt", sagt einer, „und habe tausend Felder vernichtet!"

Die anderen lachen nur. Nicht über den Heuschreckenschwarm, das könnte stimmen, denn jeder Chaot ist in der Lage, jede beliebige Gestalt anzunehmen. Nein, sie lachen deshalb, weil es auf dem Planeten kein einziges Feld mehr gibt, das man noch vernichten könnte.

„Und ich", sagt ein zweiter, „habe mich in eine Sturmflut verwandelt und das Ufer des Meeres zerstört!"

Keiner hört hin. Jeder weiß, daß es dort nichts mehr zu zerstören gibt.

„Ist doch alles langweilig", sagt gähnend der König der Chaoten. „Wir müssen uns dringend etwas Neues einfallen lassen. Unser Planet ist inzwischen ein urgemütlicher Trümmerhaufen. Allerdings hat er den Nachteil, daß er unserem Tatendrang Grenzen setzt – es gibt einfach nichts mehr, was wir zerschlagen, zerbeißen oder zerhauen könnten."

Da meldet sich Coa zu Wort, ein junger, begabter Chaot mit viel Phantasie.

„Neulich", so sagt er, „habe ich die Gestalt einer Rakete angenommen und bin ein bißchen durchs Weltall geflogen. Ich wollte wenigstens ein paar Kometen aus der Bahn werfen. Da kam ich ganz zufällig zu einem entfernten Planetensystem, in dem sich, unter anderen, ein kleiner, allerliebster Planet befindet. Die Wesen, die auf ihm leben, nennen ihn ‚Erde', sie selbst heißen ‚Menschen'. Wirklich, ein hübscher Planet", schwärmt Coa, „mit Flüssen, Wäldern, Bergen, Feldern, Städten, Straßen, Autos, Schulen, Getränkestützpunkten ..."

Alle Chaoten stöhnen verzückt, und ihre Augen glänzen.

„Auch Gaststätten?" fragt der König verträumt.

„Auch Gaststätten", sagt Coa, „und alles könnten wir zerstören!"

„Schön!" stöhnt der König. „Und wo befindet sich dieser allerliebste Planet?"

Coa wirkt etwas hilflos.

„Das weiß ich nicht mehr genau. Ich hatte mich verflogen. Ich müßte ihn erst wieder suchen."

„Das Weltall ist groß", murmelt düster, doch treffend der König. „Dennoch, du mußt diesen Planeten für uns wiederfinden. Er gäbe unserem Dasein einen neuen Sinn. Also, fliege los, finde ihn oder ein irdisches Raumschiff, das du verfolgen kannst, und kehre dann sofort zurück. Du wirst uns dann den Weg zeigen, und wir werden die Erde in einen urgemütlichen Trümmerhaufen verwandeln."

Als der König geendet hat, klatschen alle Chaoten begeistert Beifall, und Coa verwandelt sich in ein Raumschiff und fliegt los, um seinen Auftrag zu erfüllen.

II.

Zur selben Zeit, als sich die Chaoten dazu entschlossen, die Erde zu besuchen, war tatsächlich gerade ein Raumschiff auf dem Rückweg zu ihr. Dabei handelte es sich um die „Flotte Lotte", ein Forschungsraumschiff, das gerade einen Erkundungsflug zum Planeten Pluto beendet hatte. Wir schrieben das Jahr 2031, und die Erforschung unseres Sonnensystems wurde gerade abgeschlossen.

An Bord der „Flotten Lotte“ befanden sich der berühmte, doch total humorlose Professor Sauerstein, sein dicker, mürrischer Kater Alfred von Löwenfels und der Raumschiffpilot Archibald Müller. Und Wilhelmine natürlich. Wilhelmine war damals noch ein ganz junger Roboter, sozusagen ein Roboterküken, gerade entwickelt, frisch montiert und noch feucht hinter den Ohrmikrofonmuscheln.

Und ziemlich ungebildet war sie, denn auch Roboter müssen lernen. Wilhelmine kannte zwar alle Grundbegriffe, konnte sich perfekt unterhalten, rechnete wie fünfundzwanzig Taschenrechner gleichzeitig – aber sie hatte noch kein Allgemeinwissen. Doch das sollte ihr Archibald Müller während der Reise vermitteln. Zeit dazu war ja genug. Unter anderem sollte der Roboter eine Unmenge Bücher lesen. Doch es hatte eine Panne gegeben. Beim Beladen des Raumschiffes waren die Bücherkisten verwechselt worden. Und nun hatte man statt der Nachschlagewerke Kisten mit Märchenbüchern an Bord, die eigentlich für einen Kindergarten auf dem Mond bestimmt waren.

Und nun las Wilhelmine mit Hingabe Märchen!

Das blieb natürlich nicht ohne Folgen.

Eines Morgens kam Wilhelmine in die Zentrale und behauptete, sie wäre Rotkäppchen, und wollte wissen, ob Alfred von Löwenfels ein Wolf sei. Dann wieder fürchtete sie sich tagelang. Sie hatte „Von einem, der auszog, das Fürchten zu lernen“ gelesen. Tage darauf verschwanden ständig herumliegende Gegenstände. Wilhelmine hielt sich für den Meisterdieb.

Archibald Müller amüsierte sich köstlich. Doch leider zeigte Professor Sauerstein nicht die geringste Begeisterung für Wilhelmines Bildungsfortschritte. Ja, er beobachtete den Roboter mit tiefem Mißtrauen. Und Alfred von Löwenfels stand ihm in nichts nach: Er begann zu fauchen, wenn er Wilhelmine nur kommen hörte.

So war die Situation an Bord der „Flotten Lotte“, als Coa sie in Gestalt eines Raumschiffes erreichte.

III

Man sitzt gerade am Frühstückstisch.

„Wo nur Wilhelmine bleibt“, sagt Archibald und beschmiert ein Brötchen mit Marmelade.

Professor Sauerstein lacht höhnisch. „Sie wird wieder Märchen lesen, so etwas Schwachsinniges. Wilhelmine ist der dümmste Roboter, der mir je begegnet ist.“

„Das stimmt nicht“, verteidigt Archibald Wilhelmine. „Ihre Bildung ist bisher nur etwas einseitig. Aber was sie auch lernt, sie versteht es anzuwenden. Darauf kannst du dich verlassen.“

„Das ist doch Unsinn“, ruft der Professor. „Wem nützt es zum Beispiel, wenn sie über den Vorteil langer Zöpfe Bescheid weiß, nachdem sie ‚Rapunzel‘ gelesen hat. Wilhelmine ist ein Sicherheitsroboter und keine Märchentante ...“

Wütend steht er auf und geht zum Radar.

„Was ist denn das?“ ruft er plötzlich. Archibald geht zu ihm hin. Eine Weile beobachten sie die Erscheinung auf dem Schirm.

„Das darf doch nicht wahr sein“, sagt Archibald. „Da fliegt etwas hinter uns her. Und in nur kurzer Entfernung.“

Er schaltet die Außenkamera ein.

„Ein Raumschiff“, ruft der Professor verblüfft, „und sieht der ‚Flotten Lotte‘ zum Verwechseln ähnlich!“

Archibald geht hinüber zum Funkgerät und ruft das Raumschiff, doch ergebnislos, es antwortet nicht. Dann versucht er davonzufliegen, doch es gelingt nicht. Da bremst er die „Flotte Lotte“, und plötzlich ist das fremde Raumschiff verschwunden, so als wäre es nie dagewesen.

Nanu, wir haben Besuch?
FLOT
LOT

„Seltsam“, sagt Professor Sauerstein. „Fast ein bißchen unheimlich.“

Archibald geht zum Bordfunk.

„Wilhelmine“, ruft er ins Mikrofon, „komm sofort hierher in die Kommandozentrale!“

Kurze Zeit später kommt der große Roboter hereingepoltert.

„Hallo, Jungs!“ ruft Wilhelmine. „Tolles Märchen eben gelesen. Ich bin noch völlig mit den Halbleitern fertig, das geht ja durch und durch . . . Nanu, wir haben Besuch? Bist du vielleicht das Rumpelstilzchen?“

Professor Sauerstein tippt sich vielsagend mit dem Finger gegen die Stirn, doch Archibald schaut sicherheitshalber in die Richtung, in die Wilhelmine ihre Frage gestellt hat.

„Wer ist denn das?“ ruft er erschrocken. Am Frühstückstisch sitzt ein einäugiger Riese und ißt die Reste von den Tellern.

„Ich bin Coa“, sagt der Riese, verwandelt sich in einen Elefanten und bricht mit dem Stuhl zusammen.

„Bist du mit dem Raumschiff gekommen?“ fragt Archibald nach einer Weile zögernd.

„Das Raumschiff war ich“, erwidert der Elefant. „Später habe ich mich in einen kleinen Meteoriten verwandelt, habe eure Raketenwand durchschlagen, und nun bin ich hier. Keine Angst, das Loch ist so klein, daß euch nichts passieren kann“, sagt Coa und nimmt menschliche Gestalt an, „denn ich will zur Erde, und ihr sollt mich dorthin bringen.“

„Und was willst du auf der Erde?“ fragt Professor Sauerstein.

„Sie vernichten“, antwortet Coa seelenruhig. „Alle Chaoten werden mir folgen und die Erde in einen urgemütlichen Trümmerhaufen verwandeln.“

Nach diesen Worten nimmt Coa die Gestalt eines großen schwarzen Grabsteins an und hüllt sich in Schweigen.

„Schrecklich“, flüstert Professor Sauerstein in die Stille, „wie werden wir ihn wieder los?“

„Gar nicht!“ ruft der Grabstein vergnügt.

„Wir müssen für immer im Weltraum bleiben“, murmelt Archibald düster. „Wir würden der Erde sonst Tod und Verderben bringen.“

„Eine Frage“, meldet Wilhelmine sich zu Wort. „Ich habe da ein recht interessantes Märchen gelesen . . .“

„Nicht jetzt!“ ruft der Professor verzweifelt. „Bitte verschone uns mit deinen Märchen.“

„Ich wollte ja nur fragen“, brummt Wilhelmine beleidigt, „ob Alfred von Löwenfels ein richtiger Kater ist. So einer, wie der gestiefelte im Märchen.“

Archibald schaut erstaunt zu dem Roboter. „Nicht ganz. Aber erklär mir bitte, was soll die Frage . . .?“

Er bekommt keine Antwort. Wilhelmine betrachtet den Kater, der nervös mit dem Schwanz zu zucken beginnt. Dann geht sie entschlossen zu dem Grabstein, der eigentlich Coa heißt.

„Hallo, altes Mädchen“, sagt sie und klopft mit ihrer stählernen Pranke auf den Stein. Augenblicklich verwandelt sich Coa in ein rosa Wölkchen.

„Wunderhübsch“, säuselt Wilhelmine. „Du bist ja ein richtiger Zauberer!“

„Was ist das – ein Zauberer?“ möchte Coa wissen.

„Oh, etwas ganz Tolles. Einer, der allerlei Verwandlungskunststücke kann“, erklärt Wilhelmine.

„Ja, dann bin ich ein Zauberer“, sagt Coa geschmeichelt und verwandelt sich in einen Esel.

„Toll!“ flüstert Wilhelmine. „Daß du dich in ganz große Tiere verwandeln kannst, haben wir ja nun gesehen. Aber ich kann gar nicht so richtig glauben, daß du auch die Gestalt von ganz kleinen Tieren annehmen kannst, das muß doch unendlich schwierig sein . . .“

„Was, das glaubst du nicht?“ brüllt Coa und verwandelt sich augenblicklich in ein Huhn. Wilhelmine sieht zu Alfred hinüber, der recht interessiert die Künste Coas verfolgt.

„Das war ja schon recht hübsch“, lobt Wilhelmine. „Nur, bei

uns auf der Erde gibt es auch ganz kleine Tiere. Man nennt sie Mäuse. Dich in eine Maus zu verwandeln, das schaffst du bestimmt nicht ..."

Und schon verwandelt sich Coa in eine Maus.

Und da ... Blitzschnell kommt Alfred von Löwenfels vom Steuerpult heruntergesprungen, erfaßt die Maus mit den Zähnen, beißt sie tot und beginnt sie aufzufressen.

Archibald und der Professor sind sprachlos. Schweigend beobachten sie den glücklichen Kater, der so überraschend mit Frischfutter versorgt wurde. Sollte wirklich ... Doch nichts geschieht, Alfred von Löwenfels beendet sein Mahl, ohne Frage, die Erde ist gerettet.

„Ich sage nur: Märchenhaft!" trompetet Wilhelmine und verläßt den Raum.

„Der gestiefelte Kater unter kosmischen Bedingungen." Archibald lacht. „Glaubst du noch immer, daß Wilhelmine dumm ist?" fragt er dann den Professor. Der schüttelt sein Haupt.

„Dieser Roboter wird eine große Zukunft haben", verkündet er. „Doch diese Geschichte glaubt uns niemand."

„Ist doch egal", erwidert Archibald. „Hauptsache, wir haben unseren blauen Planeten gerettet."

Er geht zum Steuerpult und bringt die „Flotte Lotte" zurück auf den alten Kurs.

Noch wissen die Chaoten nicht, wo sich die Erde befindet. Manchmal, aber leider nur manchmal, reicht ein Märchen, um uns vor ihnen zu schützen.

Wilhelmine und das Huhn Angelika

Ludwik Schellhase wurde vierzig, als seine Familie – seine Frau Emalie und sein Sohn Klaus – beschlossen, ihm einen Roboter zu schenken. Nicht daß man derer nicht genug gehabt hätte. Die Halbroboter, wie zum Beispiel das Türauge Paul (zum Abweisen unliebsamer Gäste mit einer Ausrede wie: „Schellhases sind zur Omi auf dem Pluto geflogen, sie hat den plutonischen Keuchhusten . . .") nicht mitgerechnet, waren es immerhin zwei: Johanna, die Putzperle, und Franz-Otto, der Lehrerroboter von Klaus.

Um so erstaunlicher, daß nun noch ein dritter angeschafft werden sollte, bringen doch Roboter nicht unbedingt Gemütlichkeit ins Heim. Ungezählt sind die Situationen, in denen zum Beispiel Johanna in den unmöglichsten Augenblicken erschien, um den Fußboden mit einem Lasergerät zu glätten. Und der Lehrerroboter ist immer dann der Meinung, Wissenslücken bei Klaus stopfen zu müssen, wenn diesem gar nicht danach ist.

Daß man sich trotz allem dazu entschloß, Ludwik Schellhase einen Roboter zu schenken, hing unmittelbar mit diesem selbst zusammen, der neue Roboter sollte Ludwik die Zeit vertreiben. Die Familie ist dazu nicht mehr in der Lage.

Emalie Schellhase ist Kontrolleurin der Überwachungsroboter für die Wartungsautomaten der Fabrikationsanlagen zur Herstellung von künstlichem Eiweiß, und diese Funktion, wenn auch nicht nervenaufreibend, lastet sie doch vollständig aus.

Klaus ist nun bald mit dem Allgemeinlehrprogramm Nummer drei fertig und wird dann im Rahmen der Spezialisierung Elektronik studieren. In seiner Freizeit bastelt er Halbautomaten.

Wie man sieht, ordnen sich Emalie und Klaus Schellhase ohne Schwierigkeiten in die Masse der Menschen des Jahres 2351 ein, die alle einer sinnvollen Tätigkeit nachgehen und auch ihre Freizeit zu nutzen verstehen.

Nicht so Ludwik Schellhase.

Ludwik Schellhase langweilt sich. Der Grund für Ludwik Schellhases Langeweile ist die Tatsache, daß er zuviel studiert hatte, so seltsam das auch klingen mag. Einst war er ein wißbegieriger junger Mann, der nicht genug studieren konnte. Dem steht ja auch nichts im Wege im 24. Jahrhundert. Und so legte er fünf verschiedene Examen ab!

Nun war er an einem Punkt angelangt, an dem er wußte, daß er viel weiß, aber nicht mehr wußte, wie er dieses Wissen sinnvoll umsetzen sollte. Alle Berufe erschienen ihm so begehrenswert, daß er sich für einen einzelnen nicht mehr entscheiden konnte.

Und weil Ludwik deshalb immer schrulliger wurde, brauchte er einen Gesellschafter. Deshalb gingen Frau Schellhase und Sohn am Vortag seines vierzigsten Geburtstages in die Roboterverleihzentrale, wählten dort lange und sorgfältig und kamen mit Wilhelmine zurück.

Wilhelmine war im Jahre 2351 noch nicht so bekannt, wie sie es heute ist. Die meisten ihrer Abenteuer, die ihr den Ruhm als einer der originellsten Roboter des Jahrhunderts einbrachten, kamen erst später. Aber bereits damals war die Grundlage für diesen Ruhm geschaffen, ein Elektronengehirn mit leichten Defekten, aber doch leistungsfähig.

Ludwik Schellhase hatte sich damit abgefunden, wie in jedem Jahr eine neue Krawatte geschenkt zu bekommen, die sich immer, der jeweiligen Stimmung des Besitzers entsprechend, verfärbt.

An dem Hals von Ludwik sahen sie in letzter Zeit nur grau aus.

Um so überraschter war er, als er nun Wilhelmine erblickte.

„Was soll denn dieser komische Roboter hier?“ fragte er nicht gerade freundlich. Wilhelmine beugte höflich den über zwei Meter großen Körper vor. „Gestatten, Wilhelmine, Roboter der

Leistungsklasse A, zur Zeit ausgemustert in die Leistungsklasse C wegen einiger kleiner Fehler, die mir bedauerlicherweise unterlaufen sind."

„Ja, was soll ich denn mit diesem Ungetüm?"

„Dir die Zeit vertreiben!" entgegnete Emalie.

„Wilhelmine kann Schach spielen", ergänzte Klaus.

„Ich spiele aber nicht gern Schach, schon gar nicht gegen Roboter!"

Damit war für Ludwik das Thema Geburtstagsgeschenk erledigt.

Er hätte doch lieber eine Krawatte bekommen, auch wenn sie an seinem Hals immer grau werden.

Emalie war über den ungnädigen Empfang, den der Roboter erfahren hatte, enttäuscht. Aber noch hatte sie einen Trumpf.

„Ich habe noch eine kleine Überraschung."

„Doch nicht etwa einen kleinen Feuerzeugroboter, der Opernarien singt", sagte Ludwik Schellhase, und seine Krawatte wurde schwarz.

„Nein, nein", beruhigte Emalie ihn, „es ist eine neue Nahrungspille aus unserer Eiweißfabrik. Ein Mittagessen in einer Tablette, Geschmacksrichtung XC 233 / 14. Eine Neuentwicklung!"

Ludwiks Gesicht wurde nun grau, seine Augen rot, und die Farbe der Krawatte zu beschreiben ist unmöglich. Aber er sagte nichts, lief durch die optische Wand und war damit aus dem Blickfeld der Familie entschwunden.

„Was hat er nur", klagte Emalie, „mit ihm wird es immer schlimmer. Jetzt mag er nicht mal mehr die Ernährungspillen. Dabei sind sie so praktisch: Eine Pille, schwupp, der Hunger ist weg. Und alles, was der Mensch zum Leben braucht, ist im Bauch!"

Wilhelmine schaute Ludwik nachdenklich hinterher. Dabei wurden ihre Objektivaugen trübe, ein sicheres Zeichen, daß ihr Elektronengehirn arbeitet.

„Vielleicht kann ich ihm helfen", sagte sie dann und lief Ludwik hinterher.

„Hoffentlich", stöhnte Klaus, „das ist ja mit ihm nicht mehr auszuhalten."

Als Wilhelmine in Ludwiks Zimmer kam, schwebte dieser gedankenvoll kurz unter der Decke, von künstlichen Gravitationsfeldern gehalten. Vor sich die Kopie eines alten Bildes des 17. Jahrhunderts, auf dem folgendes zu sehen ist: ein Tisch, umgeben mit lachenden Menschen in alten Trachten. Sie essen. Und wie!

Auf der Tafel ein gebratenes Ferkel mit einer Zitronenscheibe im Maul und Petersilie in den Ohren. Weiter: gebratene Fasane, Hühner, Tauben, Lerchen, Schalen mit Bananen, Apfelsinen, Weintrauben und noch viel mehr. Würste, Brot, Humpen mit Wein, die Beschreibung all dieser Leckerbissen würde noch Seiten füllen.

„Ach, du bist es", sagte Ludwik ungnädig zu Wilhelmine und betrachtete weiter das Bild.

„Jawohl, ich bin's", erwiderte Wilhelmine.

„So müßte man mal essen können", sagte nach einer Weile Ludwik, „die Tabletten hängen mir zum Halse heraus. Vierzehn verschiedene Berufe könnte ich ausüben, alle habe ich studiert. Aber mal etwas anderes, als Pillen zu essen, wird mir wohl nicht gelingen. Verstehst du komischer Roboter das?"

„Nein", entgegnete Wilhelmine, „bei der gewaltigen Anzahl von Menschen, die es auf der Erde und den anderen Planeten gibt, ist es unmöglich, Essen anders als künstlich herzustellen."

„Weiß ich ja. Aber trotzdem!" Seufzend läßt Ludwik das Bild auf den Boden fallen.

Wilhelmines Elektronengehirn arbeitet blitzschnell. Ihre Aufgabe ist es, Ludwik Schellhase dazu zu bringen, daß er sich für irgend etwas interessiert, daß er eine Aufgabe hat. Seine Sehnsucht nach natürlichen Nahrungsmitteln wäre ein Ansatzpunkt, daraus ließe sich etwas entwickeln. Zwar etwas ungewöhnlich, aber Wilhelmine hat Sinn für Humor, eine erstaunliche Eigenschaft für einen Roboter.

„Dann organisiere dir doch mal natürliche Nahrungsmittel heran!“

Auf diesen Vorschlag Wilhelmines reagiert Ludwik überhaupt nicht, zu dumm erscheint er ihm.

„Natürlich nicht gleich solch eine Tafel voll wie auf dem Bild“, fährt Wilhelmine fort, „ein bißchen würde doch erst einmal genügen ...“

Nun läßt sich Ludwik auf den Boden herab.

„Sprich weiter!“

„Du hast doch viel studiert. Sagtest du das nicht?“ fährt Wilhelmine scheinheilig fort. „Vielleicht auch Zoologie?“

„Ein bißchen“, sagt Ludwik aufgeregt.

„Ist ja prima, dann organisieren wir uns ein Tier, das wir dann zu Essen verarbeiten.“

Ludwik kramt schon fieberhaft in seinem Regal und kommt mit einer Mikrofilmkassette zurück.

„Haustiere des 20. Jahrhunderts“, verkündet er. Und seine Krawatte, die seit dem Gespräch mit Wilhelmine hellgrau wurde, wird nun zartgrün.

Er legt den Mikrofilm in das Abtastgerät, und das Bild einer Kuh ist an der Wand.

„Das ist ein Rindvieh, ein weibliches“, erläutert Ludwik, „es brüllt ‚muh‘, gibt Milch aus den Hähnen dort unten, die kann man weiter, laut Lexikon, zu Quark, Käse und noch mehr verarbeiten. Wie, weiß ich nicht. Vorn wird Gras und Wasser verfüttert.“

„Und was kommt hinten dabei heraus?“ fragt Wilhelmine streng logisch.

„Nichts Eßbares, laut Lehrbuch. Aber das Fleisch kann man essen, ist sehr schmackhaft.“

„Und wohin willst du so ein weibliches Rindvieh stellen?“ fragt

Wilhelmine. „Schließlich dürfen die Nachbarn nicht belästigt werden!“

„Hier ins Zimmer, dachte ich.“

„Und wie groß ist so ein Rindvieh?“

Ludwik blickt in das Lexikon, dann ins Zimmer, schüttelt den Kopf, und an der Wand erscheint ein Schwein.

„Ist vollständig eßbar“, erläutert er Wilhelmine, „ist etwas kleiner, ruft nicht ‚muh‘.“

„Und wo ist der Haken?“ fragt Wilhelmine mißtrauisch.

„Es gibt sehr selten Milch, wir müßten es gleich schlachten und aufessen . . .“

„Zuviel Fleisch auf einmal“, sagt Wilhelmine streng, „du verdirbst dir den Magen.“

Ludwik drückt seufzend auf den Knopf, und ein Huhn ist zu sehen.

„Gibt das Milch?“ fragt Wilhelmine.

„Nein, aber Eier legt es. Und daraus kann man gekochte Eier, Rühreier und Spiegeleier machen und noch viel mehr. Essen kann man so ein Huhn auch.“

„Und wie groß ist es?“

Ludwik zeigt es mit den Händen.

„Und womit wollen wir es füttern?“ fragt Wilhelmine unerbittlich weiter.

Ludwik lächelt verschmitzt. „Mit Pillen natürlich!“

„Das ist eine Idee. Also schaffen wir uns ein Huhn an.“

Ludwiks Krawatte wird rosa.

Am nächsten Morgen begaben sich Wilhelmine und Ludwik Schellhase auf die Suche nach einem Huhn. Emalie Schellhase war ganz erschüttert über die Wandlung, die ihr Mann durchgemacht hatte: Er pfiff fröhlich, und seine Krawatte war leuchtend rot. Klaus war so verblüfft, daß es Franz-Otto, dem Lehrerroboter, gelang, ihn zu einer Zusatzwiederholstunde zu überreden.

Lange mußten Ludwik und Wilhelmine suchen. Sie flogen in einem kleinen Gleitflieger aus der Stadt heraus zu dem Flughafen. Dort setzten sie sich in einen Frosch (Personenraketen, die die Kontinente verbinden,) und landeten fünf Minuten später in einem Nationalpark in Afrika. Dort wurde ihnen mitgeteilt, daß sie Elefanten, Löwen, selbst Wüstenratten beobachten können, aber keine Haushühner. So ging es ihnen überall. Allmählich mußten sie annehmen, daß das Haushuhn ausgestorben ist. Bis sie dann erfuhren, daß es in Nordeuropa ein Museum gibt, einen Bauernhof des 19. Jahrhunderts, mit lebenden Tieren.

Dort angekommen, fanden sie alles, was sie sich wünschten. Rinder auf der Weide, Schweine im Stall, der gerade vom Museumsroboter ausgemistet wurde, und Ludwik war froh, daß er sich nicht für ein Schwein entschieden hatte. Gänse und Enten auf dem Teich, einen Hofhund und Hühner. Überall Hühner, auf dem Mistbeet, im Garten, selbst auf dem Kopf des Museumsroboters.

„Sag bloß nicht, daß du ein Huhn willst, um es zu essen", flüsterte Wilhelmine Ludwik schnell noch zu.

Der Museumsroboter kam heran.

„Ich begrüße Sie auf das herzlichste auf unserem original . . .", legte er los.

Ludwik unterbrach ihn schnell.

„Wir wollen ein Huhn!"

„Ein was?" fragte der Museumsroboter verblüfft zurück.

„Ein Huhn!"

„Für Forschungszwecke", ergänzte schnell Wilhelmine.

„Als Anschauungsobjekt für die lieben Kleinen", sagte Ludwik.

„Für was denn nun?" fragte verwirrt der Museumsroboter.

In diesem Stil ging es weiter. Zuletzt hatten sie den Museumsroboter so verwirrt, daß er ihnen ein Huhn mitgab. Damit begann ein neuer, bedeutender Abschnitt in Ludwik Schellhases Leben. Er besorgte sich ein sechsbändiges Werk über Haushühner und studierte es. Zwischendurch pflegten und fütterten er und Wilhelmine Angelika, so hatten sie das Huhn getauft. Mehrmals warf Ludwik Johanna, die Putzperle, erbarmungslos aus dem Zimmer, wenn sie mit Laserstrahlen den Hühnerdreck entfernen wollte. Das erste Ei war ein Fest. Irgendwoher hatte Ludwik erfahren, daß man ein Ei am besten fünf Minuten kocht und dann abschreckt. Dies tat er gründlich.

Dann durfte jeder mal kosten. Emalie sagte: „Es schmeckt etwas nach unserer Pille L 221 / 3!“, doch als sie Ludwiks drohenden Blick sah und die Krawatte dunkelrot wurde, da sagte sie schnell: „Aber sonst sehr gut!“

Klaus war begeistert.

Wilhelmine hatte als Roboter logischerweise keinen Appetit, aber sie freute sich.

So vergingen einige Wochen. Ludwik hatte sich so an Angelika gewöhnt, daß er sie gar nicht mehr schlachten wollte.

Doch eines Morgens traf Wilhelmine Ludwik in sehr nachdenklicher Stimmung an. Seine Krawatte war dunkelblau.

„Was ist denn los?“ wunderte sich Wilhelmine. „Hat Ihnen Angelika ein Häufchen ins Bett . . .“

„Unsinn!“ sprach Ludwik und schaute Wilhelmine nachdenklich an. „Ich habe heftig gedacht und siehe, eine Idee hat sich eingestellt.“

„Gratuliere!“ rief Wilhelmine. „Spannen Sie mich nicht zu sehr auf die Folter!“

„Ich kann nicht ein Leben lang Eier essen“, sprach Ludwik nachdenklich, „und die Tabletten gehen mir auf den Geist. Was ist also zu tun? Ich möchte ja auch den anderen Menschen helfen. Man müßte also Pillen aufblasen, falls du verstehst, was ich meine. Mit Ballaststoffen versehen. Also künstlich Fleisch, Gemüse und alles andere herstellen, so daß Essen den Menschen wieder Spaß macht.“

Und Ludwik stand auf, ging hinüber zu seiner Frau und redete mit ihr. Schon am nächsten Tag begann er im selben Betrieb wie sie zu arbeiten, in der Forschungsabteilung.

Angelika brachte er ins Museum zurück. Er forschte und forschte und wandte all sein Wissen an. Und eines Tages war er dann fertig, der erste Roboter aus der Serie „Willy, die Küchenperle“, wie ihn heutzutage jeder besitzt. Willy bereitet jede Speise nach jedem Geschmack. Künstlich, versteht sich. Doch Willys Eier schmecken genauso gut wie Angelikas, Ludwik kann es bestätigen.

Und Wilhelmine? Wilhelmine wurde nicht mehr gebraucht. Zuerst sollte sie einen Roboter zu ihrer Unterhaltung bekommen. Aber das wäre ja sicher etwas übertrieben. Und so kam sie zurück in die Verleihzentrale.

Wilhelmine ist schließlich nur ein Roboter.

„So ein eigensinniges Ding", schimpft Herr Nabuwa. „Der kleine Kerl wird uns noch verhungern! Er will einfach nicht den Sauger ins Maul nehmen."

Johann Nabuwa, der Direktor des 641. riesigen europäischen Naturschutzparkes, versucht einen kleinen verwaisten Luchs davon zu überzeugen, aus der Flasche zu trinken, als Wilhelmine in sein Büro kommt.

„Was gibt's denn?" erkundigt sich Herr Nabuwa, unwillig über die Störung.

„Ich habe ein Mädchen hierher geführt. Sie will Sie sprechen, heißt Sally Schulze und behauptet, etwas Schreckliches entdeckt zu haben."

„Sie soll warten!"

„Ich habe aber keine Zeit!" ruft es hinter Wilhelmine, und dann schlüpft ein etwa elfjähriges Mädchen an dem großen Roboter vorbei ins Zimmer.

„Wie du siehst, ich auch nicht", knurrt Herr Nabuwa ärgerlich und zeigt auf den Luchs. „Aber wo du nun mal da bist, erzähle schon, was du entdeckt hast."

Doch Sally antwortet nicht. Aufmerksam betrachtet sie die ergebnislosen Versuche des Direktors, den kleinen Luchs zu füttern.

„Darf ich mal?" sagt sie dann, tunkt einen Finger in die Milch und hält ihn dem kleinen Luchs vors Maul. Der schnuppert an dem Finger, beginnt dann daran zu schlecken und zu saugen. Sally nimmt dem Direktor die Flasche aus der Hand, der es verblüfft geschehen läßt. Sie zieht den Finger aus dem Maul des Luchses und schiebt statt dessen blitzschnell die Flasche hinein. Das Tier beginnt zu trinken.

„Bravo!" ruft Wilhelmine.

„Das hast du gut gemacht", lobt der Direktor das Mädchen.

„Ich bin ja auch Mitglied der Arbeitsgemeinschaft Junger Zootechniker", sagt Sally.

„Dann sind wir ja fast Kollegen“, stellt Herr Nabuwa erfreut fest. „Du darfst Johann zu mir sagen. Aber nun berichte, was hast du Schreckliches entdeckt?“

„Ja, wissen Sie, Johann“, sagt Sally verlegen, „der Park ist wunderschön. Ich bin am Anfang der Ferien hergekommen und halte mich schon drei Wochen hier auf. Ich habe Elche gesehen, Luchse, Braunbären, Wölfe, Biber, Schwarzstörche – alles Tiere, die in Europa schon fast einmal ausgestorben waren. Aber Spatzen gibt es nicht.“

„Keine Spatzen? Ha, ha, ich lach mich tot. Aber die sind doch überall!“

Herr Nabuwa geht zu dem Computer, der alle Tierbestände des Parks registriert.

„Wieviel Spatzen gibt es im Park?“ fragt er.

„Das weiß ich nicht“, antwortet der Computer.

Der Direktor ist verblüfft.

„Das gibt's doch nicht. Nun sag schon, wieviel Spatzen hier sind!“

Der Computer schweigt.

„Vielleicht fragen Sie ihn mal, weshalb er nicht die Zahl der Spatzen nennen kann“, schlägt Wilhelmine vor.

Der Computer braucht fünf Minuten, um eine Antwort zu finden.

„Die Spatzen sind nie unter Naturschutz gestellt worden“, meldet er. „Weder der Haussperling, Passer domesticus demosticus L., noch der Feldsperling, Passer montanus montanus L. Alle anderen Tiere sind irgendwann einmal gesetzlich unter Schutz gestellt worden, selbst die Wasserflöhe!“

„Ja, weshalb dann aber nicht die Spatzen?“ flüstert Johann Nabuwa erschüttert, der noch vor fünf Minuten ein selbstbewußter Naturschutzparkdirektor war.

„Es gibt genügend von ihnen“, antwortet der Computer.

„Stimmt ja gar nicht!“ ruft Sally.

„Ja, wenn ich es mir recht überlege, ich habe auch lange keine

Spatzen mehr gesehen. Es ist mir jedoch nie aufgefallen, daß sie fehlen", erklärt Herr Nabuwa nachdenklich.

„Mir nach!" brüllt er plötzlich entschlossen und rennt aus dem Büro. Wilhelmine und Sally folgen ihm.

Wenige Minuten später sitzen sie in einem kleinen, unsichtbaren Luftkissenauto. Solche Fahrzeuge werden seit dem Jahr 2321 in allen Naturschutzparks von den Besuchern benutzt. Ihre Karosse besteht aus einem Material, dessen besondere Art und Weise der Lichtbrechung das Fahrzeug von außen unsichtbar erscheinen lassen.

Lautlos fliegen sie über Wälder, durch Schluchten, über alte Dörfer, die jetzt der Erholung dienen. Aber sie können keinen Spatzen entdecken.

„So was ist doch nicht möglich!" meint Johann nach einer Weile.

„Doch", antwortet Sally, „es ist noch schlimmer. Sie werden in ganz Europa keinen mehr finden. Ich habe alle Naturschutzparks besucht. Und niemand hat es bemerkt, daß es keine Spatzen mehr gibt. Es waren einst so viele, deshalb interessierte sich keiner für sie, und es fiel nicht auf, als sie verschwanden."

„Jetzt brauchen wir ein Funkgerät. Zurück ins Büro!" ruft Johann Nabuwa. „Bestimmt gibt es den Passer domesticus noch auf anderen Kontinenten."

„Da bin ich aber gespannt", murmelt Wilhelmine.

Zehn Minuten später hat Johann Nabuwa die Kommission Naturschutz beim Rat der Menschheit informiert, und die fragen nun in allen Naturschutzparks der Erde, wieviel Spatzen sie besitzen.

Nun warten Sally, Wilhelmine und Johann Nabuwa auf eine Antwort.

Plötzlich springt Johann aus seinem Sessel. Das Gesicht des Sprechers der Kommission für Naturschutz ist im Bildtelefon zu sehen.

Lautlos
fliegen sie über Wälder...

„Schlechte Nachrichten", sagt der Sprecher traurig. „Die Spatzen sind offensichtlich ausgestorben."

„Ich habe es geahnt", ruft Sally.

„Aber irgendwo muß es doch noch ein paar Exemplare geben . . .", meint Herr Nabuwa verzagt.

„Bisher wurden keine entdeckt", antwortet der Sprecher der Kommission. „Selbstverständlich haben wir nach Ihrer Meldung Passer domesticus und Passer montanus sofort unter Naturschutz gestellt!"

„Ha, ha, ha!" Wilhelmine lacht wie eine Rakete mit Fehlzündungen. „Da werden sich die ausgestorbenen Sperlinge aber freuen."

„Und was nun?" fragt Herr Nabuwa niedergeschlagen.

„Ich werde sie suchen!" sagt Sally entschlossen.

„Das hat doch keinen Zweck. Nirgendwo auf der Erde hat man einen Spatz gefunden, weshalb solltest gerade du . . ."

„Denken Sie an den Luchs!" mischt sich Wilhelmine ins Gespräch. „Sally ist ein fixes Mädchen. Ich werde sie bei der Suche unterstützen."

„Hast du etwa eine Idee?" fragt Johann hoffnungsvoll.

Wilhelmine klappert statt einer Antwort mit den Objektivaugen und sagt zu Sally: „Komm, wir fliegen jetzt zum Mond."

Johann Nabuwa tippt sich an die Stirn und fragt: „Roboter, bist du wirklich sicher, daß bei dir alles in Ordnung ist?"

Wilhelmine überhört die Beleidigung und flüstert Sally etwas ins Ohr.

„Das ist wirklich eine Idee!" Sally strahlt über das ganze Gesicht.

„Ich verstehe überhaupt nichts mehr! Was wollt ihr bloß auf dem Mond?" fragt Johann verzweifelt.

„Ihr Unverständnis hängt damit zusammen, daß Ihr Bewußtsein in irdischen Dimensionen steckenbleibt", erklärt Wilhelmine respektlos. „Ich aber habe ein kosmisches Bewußtsein!"

„Von mir aus kannst du das Bewußtsein einer Kellerassel haben“, knurrt Johann. „Hauptsache ist, ihr bringt mir einige Sperlinge!“

Zwei Stunden später sind Sally und Wilhelmine auf dem Mond. Dort ist der Sitz der obersten Weltraumfahrtbehörde. Wilhelmine hat sich nach Nikolai erkundigt, einem ehemaligen Kosmonauten, mit dem sie früher kosmische Reisen unternommen hat und der jetzt Mitarbeiter der obersten Weltraumfahrtbehörde ist. Sally und Wilhelmine erzählen ihm ihre Sorgen. Nikolai lacht zuerst, dann wird er immer nachdenklicher und geht zu einem Computer, der alles über Weltraumflüge in den letzten Jahrhunderten gespeichert hat, und veranlaßt ihn, alles zum Thema „Sperling“ hervorzukramen.

Es wird eine lange Liste, die der Computer nach einer Weile rasselnd auswirft.

„Seht euch das an“, ruft Nikolai. „Spatzen wurden oft zu Forschungszwecken mit in den Weltraum genommen. Entweder sie starben auf diesen Reisen, oder sie landeten wohlbehalten wieder auf der Erde.“ Plötzlich stutzt Nikolai.

„Hier, seht mal! Hier ist etwas sehr Seltsames.“ Er liest vor. „Der Kosmonaut Konradin Stöpke wurde am 21. 1. 2021 verwarnt, weil er sechs Sperlinge an Bord der Weltraumstation ‚Kosmos 41‘ geschmuggelt hat. Der 73jährige Kosmonaut erklärte sein seltsames Verhalten damit, daß er Spatzen liebe und daß er eigentlich immer hätte Biologe werden wollen und daß er deshalb die Vögel mitgenommen habe ... So ein Spaßvogel!“

„Na und?“ möchte Sally wissen.

„Viele von diesen riesigen Weltraumstationen fliegen noch heute im Weltall herum“, erklärt Wilhelmine. „Als sie unmodern wurden, hat man ihren Kurs stabilisiert, zugesperrt und im Weltraum zurückgelassen.“

Nikolai steht schon wieder am Computer und befragt ihn nach dem Schicksal der Station Kosmos 41. Sie haben Glück. Kosmos 41 fliegt noch immer auf einer erdnahen Bahn um die

Sonne. Der Letzte, der sie verließ, war der Hobbybiologe Konradin Stöpke. Das war am 20. 5. 2032. Sogar ein genaues Verzeichnis der Dinge, die er beim Verlassen der Station mitgenommen hat, kann der Computer liefern. Spatzen waren nicht dabei.

Zwei Stunden später sitzen Wilhelmine und Sally Schulze in einem kleinen Raumschiff und fliegen zu der verlassenen Station Kosmos 41.

Die oberste Weltraumfahrtbehörde hat ihnen das Raumschiff zur Verfügung gestellt. Einen ganzen Tag lang fliegen sie, dann weckt Wilhelmine die kleine Sally, die seit einigen Stunden fest schläft.

„Sieh mal!" sagt Wilhelmine und zeigt auf den Sichtschirm. Vor ihnen, im Dunkel des Weltraums, schwebt ein silbern glänzender Ring, dem sie sich rasch nähern.

„Die Station ist aber groß!" staunt Sally.

„Der Durchmesser des Ringes beträgt etwa zweihundert Meter", bestätigt Wilhelmine.

„Und du meinst ernsthaft, daß es hier noch lebende Spatzen geben könnte?" fragt Sally zweifelnd. „Seit dreihundert Jahren fliegt Kosmos 41 verlassen durch den Weltraum . . ."

„Die Station besitzt Sonnenbatterien, durch sie erhält sie ihre Betriebsenergie auch noch heute."

„Aber was haben die eventuellen Nachkommen der sechs Spatzen denn in all den Jahren gefressen?"

„Das werden wir ja sehen. Falls Konradin Stöpke sie auf der Station zurückgelassen hat, wird er schon dafür gesorgt haben, daß sie genügend zu fressen bekommen."

Wilhelmine geht zum Steuerpult, und das Raumschiff landet auf dem riesigen Ring. Der Roboter hilft Sally in den Raumanzug, dann steigen beide aus. Vorsichtig laufen sie auf dem Ring entlang, gehalten von ihren Magnetschuhen. Plötzlich stehen sie vor dem Einstieg. Der Roboter drückt auf einen Knopf, und tatsächlich, die Automatik funktioniert auch noch nach dreihundert Jahren. Sie klettern in die Schleuse. Wilhelmine drückt auf mehrere Knöpfe.

„Luftdruck normal, Luft in Ordnung, künstliches Schwerefeld vorhanden“, meldet sie. „Jetzt wird es spannend!“

Sie drückt auf den Knopf, der die Innentür öffnet. Und ...

„Sieh nur!“ jubelt Sally. „Sieh nur, Wilhelmine!“

Die Station ist voller Spatzen. Und einen Krach machen sie! Allerdings stinkt es auch ziemlich. In den dreihundert Jahren hat ja niemand in der Station saubergemacht. Und überall befinden sich Nistplätze. Selbst auf dem Kommandopult.

„Das sind sicher Hunderte Spatzen“, stellt Wilhelmine sachlich fest. „Und wie ich sehe, hat Stöpke vor dem Verlassen der Station die Essenroboter auf Dauerbetrieb gestellt.“

„Komm, wir fangen ein paar“, sagt Sally und holt ein dünnes Netz hervor. „Den Rest soll die Kommission holen lassen.“

Eine Stunde später sind sie mit zehn Spatzen wieder im Raumschiff und fliegen zurück. Sally setzt sich ans Funkgerät und berichtet Johann Nabuwa stolz, daß sie genügend Spatzen gefunden hätten, um die ganze Erde wieder mit ihnen zu bevölkern.

„Fein gemacht!“ sagt Johann erfreut. „Ich werde Konradin Stöpke ein Denkmal in unserem Naturschutzpark setzen lassen und veranlassen, daß es in allen Naturschutzparks auf der Erde geschieht.“

„Das ist eine gute Idee“, lobt Sally ihn. „Dann werden die Menschen immer an die Spatzen erinnert und darauf achten, daß sie nicht wieder aussterben.“

„Bestimmt passiert das niemals wieder“, knurrt Wilhelmine vergnügt. „Ich bin ja noch rüstig und werde mich noch viele Jahrhunderte um die Spatzen kümmern können.“

Wilhelmine und der Donnergott

Nikolai, im Jahre 2410 Chef der obersten Weltraumfahrtbehörde, sitzt gerade gemütlich in seinem Sessel und sieht sich die Weltnachrichten an, als sein Türroboter Besuch anmeldet.

Neugierig betrachtet er seinen Besucher. Er erkennt ihn erst, als der: „Hallo, Onkel Nikolai!“ sagt.

„Tobias! Natürlich, du bist Tobias Schieberbein!“

Und dann unterhalten sie sich über die alten Zeiten, über die abenteuerliche Reise, die Tobias und seine Schwester Sabine zum blauen Planeten unternommen hatten, und natürlich auch über Wilhelmine, den alten Sicherheitsroboter, der die Kinder begleitet hat und ihnen in vielen gefährlichen Situationen half.

„Und was führt dich heute zu mir?“ fragt Nikolai dann.

Tobias sieht Nikolai eine Weile nachdenklich an.

„Ich weiß nicht“, sagt er schließlich, „ob ich darüber überhaupt reden soll. Aber wem soll ich mich sonst anvertrauen, wenn nicht dir. Also paß auf: Wie du weißt, bin ich in die Fußstapfen meiner Mutter getreten. Mein Arbeitsgebiet ist die Erforschung außerirdischen Lebens. Neulich haben wir wieder einmal eine große Expedition durchgeführt, um eine kluge Zivilisation zu erforschen. Sie lebt auf einem kleinen Planeten, den wir Juno II nennen, übrigens nicht weit vom blauen Planeten entfernt.“

„Und was war dort so außergewöhnlich?“ fragt Nikolai, als er sieht, daß Tobias zögert weiterzureden.

„Auf den ersten Blick schien alles in Ordnung zu sein“, antwortet Tobias nachdenklich.

„Wir hatten unsere Abhöranlagen gut getarnt aufgestellt. Man bemerkte uns nicht, wie es ja Vorschrift ist, und so erfuhren wir eine Menge über die Zivilisation dort, über Sitten und Gebräuche der Junos und auch über ihre Geschichte. Die Junos sind den Menschen sehr ähnlich. Es gibt dort einen Herrscher, er heißt Pinu. Er wurde von seinem Volk gewählt und herrscht nun weise und gerecht gemeinsam mit seiner Frau, die Pina heißt.“

„Wie im Märchen“, sagt Nikolai. „Ich verstehe immer noch nicht, was daran so interessant ist!“

„Warte es ab!“ sagt Tobias sorgenvoll. „Wie ich schon erwähnte, erfuhren wir auch einiges über die Geschichte dieses Volkes. Und dabei entdeckten wir etwas Seltsames: Vor einigen Jahren noch waren sie in verschiedene Stämme zersplittert, an deren Spitze Zauberer standen. Und man verehrte einen Donnergott, der angeblich in einem Vulkan lebte. Einmal im Jahr wurde ihm ein junges Mädchen geopfert. Man stürzte es in den Vulkankrater.“

„So etwas gab es auch bei den Menschen auf der Erde“, meint Nikolai. „Das ist doch normal. Und wie kommt es, daß sie so schnell diese Entwicklungsstufe überwanden?“

„Das fragten wir uns natürlich auch“, sagt Tobias. „Die Antwort darauf ist der Grund meines Besuches. Wie die Legende berichtet, sollte nämlich auch Pina, die Frau des jetzigen Herrschers, in den Vulkan geworfen werden. Doch da kam mit Getöse ein fremder Gott, rettete Pina, übertölpelte die Zauberer, gab sie dabei der Lächerlichkeit preis und verschwand wieder. Der Name dieses Gottes ist – Wilhelmine.“

Eine Weile ist es still im Raum. Dann springt Nikolai auf und geht nervös im Raum hin und her.

„Du weißt, was das bedeutet?“ fragt er.

„Natürlich!“ ruft Tobias. „Deshalb bin ich doch hier. Wilhelmine hätte damit gegen das erste Gesetz des Weltraumrechts verstoßen. Sie hätte sich verbotenerweise in die Entwicklung der Kultur eines fremden Planeten eingemischt.“

„Ja“, sagt Nikolai. „Und das heißt, würde deine Behauptung zutreffen, man müßte sie als unzurechnungsfähig erklären und sofort verschrotten ... Habt ihr euch auch nicht getäuscht?“

Tobias schüttelt traurig den Kopf.

„Die anderen Besatzungsmitglieder streiten sich noch, ob dieser Gott nun wirklich Wilhelmine oder Trillhelmine oder Hilfrentine heißt. Ich habe ihnen meinen Verdacht, daß es sich um unseren alten Roboter Wilhelmine handelt, natürlich verschwiegen. Doch ich täusche mich nicht. Weißt du, was die Legende berichtet, welches die ersten Worte waren, die der Fremde auf diesem Planeten sprach? Jener seltsame Gott rief: ‚Verpfeift euch, Jungs! Geht mir nicht auf die Halbleiter!‘“

Nikolai seufzt. „Das war Wilhelmine – ohne Zweifel.“

Er geht hinüber zum Funkgerät und gibt den Befehl, den alten Roboter sofort zu ihm zu schicken. Sie haben Glück. Wilhelmine befindet sich nicht im Weltraum. Bereits eine Stunde später poltert es vor der Tür, und dann kommt mit großem Getöse Wilhelmine herein.

„Hallo, Jungs!“ ruft sie. „Was verschafft mir die Ehre? Wo brennt es? Soll ich wieder einmal die Menschheit retten! Tobias, Junge, was ist denn mit dir los. Du bist so grün um die Nasenspitze herum!“

„Wir müssen dich etwas fragen“, unterbricht Nikolai traurig den Redefluß des Roboters, „etwas sehr Ernstes.“

„Was habe ich denn nun schon wieder ausgefressen?“ fragt Wilhelmine besorgt. „In der letzten Woche habe ich höchstens einhundertfünfzig Kollegen geärgert!“

„Sag uns, was du von einem Planeten weißt, den wir Juno II nennen.“

Wilhelmine schweigt eine Weile, steht ganz still, dann brummt sie: „Juno II ist ein kleiner Planet im selben System wie der blaue Planet und der Tommy.“

„Und weiter?“ fragt Tobias gespannt.

„Was weiter?“ sagt Wilhelmine scheinheilig.

„Bist du dort gewesen oder nicht?“ ruft Nikolai ärgerlich.

„Ja, wenn ihr mich so direkt fragt . . .“ Wilhelmine zögert, doch dann scheint sie sich entschlossen zu haben.

„Werde ich gleich verschrottet, oder soll ich noch berichten“, fragt sie die beiden Männer.

„Berichte!“ befiehlt Nikolai bedrückt.

„Also, das war so. Die Schieberbeins hatten mich bekanntlich

...vornweg buntbemalte ältere Herren...

auf dem blauen Planeten zurückgelassen, damit ich dort helfe, aufzuräumen. Doch eigentlich war ich bereits nach wenigen Wochen überflüssig. Ich langweilte mich. Da fand ich einige alte Raketen. Um nicht total zu verdummen, nahm ich sie auseinander und baute aus den Teilen zwei funktionstüchtige Raumschiffe. Das erste nannte ich ‚Schrott‘ und das zweite ‚Haufen‘. Mit ‚Schrott‘ unternahm ich einen Probeflug. Ich flog in Richtung des Planeten Juno II.“

„Aber du weißt doch, daß es strengstens verboten ist, auf bewohnten Planeten zu landen!“ ruft Tobias verzweifelt.

„Ich wollte ja auch nicht landen“, sagt der alte Roboter und tritt nervös von einem Fuß auf den anderen. „Ich wollte ihn umfliegen! Aber vielleicht hätte ich die Rakete nicht ‚Schrott‘ nennen dürfen, denn sie machte ihrem Namen alle Ehre: Das Triebwerk begann zu husten, ich kam um den Juno nicht herum und mußte notlanden. Auf einer kleinen Waldwiese in der Nähe des Vulkans. Ich wollte nur eins: Möglichst schnell die Rakete reparieren und wieder verschwinden, bevor mich irgendso ein einheimischer Spaßvogel sieht. Aber es gab noch einen anderen Grund. Meine empfindlichen Sinne verspürten ein leichtes Beben in der Erde, und Luftanalysen ergaben, daß der blöde Vulkan in der Nachbarschaft bald auszubrechen gedachte. Ja, es war eine vertrackte Situation! Und prompt belästigten mich auch noch die Junos! Sie kamen in Scharen, lauter braungebrannte, sportliche Typen, mit Fellbadehöschen bekleidet. Sie krochen auf allen vieren auf mich zu, vornweg buntbemalte ältere Herren mit Federn an den Köpfen, die mir ständig etwas einzureden versuchten. Sie glaubten, ich wäre ein geflügelter Feuergott. Doch für solchen Firlefanz hatte ich selbstverständlich keine Zeit. In netten, gesetzten Worten versuchte ich, ihnen das begreiflich zu machen.“

„Jungs, verpfeift euch!“ sagt Tobias und lacht, obwohl ihm gar nicht danach zumute ist.

„Ja, so in etwa“, bestätigt Wilhelmine. „Allmählich jedoch verloren sie ihr Interesse an mir, denn auch ihnen bereitete der Vulkan Sorge. Manchmal kam noch ein bunter Oberzausel zu mir und behauptete, ich sei ein geflügelter Feuergott. Aber dann gaben sie es wohl auf, weil ich mich nicht um sie kümmerte. Denn der Vulkan grummelte immer stärker, und ‚Schrott' flog noch immer nicht. Die einzigen, die mich des öfteren besuchten, waren ein Junge und ein Mädchen."

„Und sie hießen Pinu und Pina", seufzt Nikolai.

„Woher weißt du das, Chef?" fragt Wilhelmine, nun ernsthaft beunruhigt. „Sie hießen tatsächlich so. Zwei wirklich nette Kinder! Sie besuchten mich fast jeden Tag. Erst redeten auch sie allerlei Unsinn von Feuergott und so. Doch mit der Zeit begriffen sie, daß ich kein Gott war, und wir wurden richtige Freunde. Sie hatten keine Angst vor mir, denn sie waren ineinander verliebt. Genau weiß ich zwar nicht, was das ist, aber ich stelle mir das so vor: Da müssen zwei Kräfte sein, die man sich gegenseitig gibt, und am Ende kommt eine einzige große Kraft heraus."

„Träum ich?" fragt Nikolai und schaut verblüfft den alten Roboter an.

„Kannst du mir das vielleicht etwas näher erklären?"

„Na ja", sagt Wilhelmine, „das war so: Pinu und Pina kamen auf die Wiese, spielten und tollten herum. Dann erblickten sie mich, erschraken erst und erzählten etwas von Feuergott. Doch dann vergaßen sie mich schon wieder. Pinu schaute Pina in die Augen, und sie sah mich an und lächelte. Dann schaute sie Pinu an, und er fürchtete sich ebenfalls nicht mehr. Sie lachten, und ihnen war es egal, ob ich ein Feuergott oder Wilhelmine war, sie fühlten sich stärker."

Nikolai setzt sich in einen Sessel, schlägt stöhnend die Hände vors Gesicht. Tobias betrachtet mit großen Augen den alten Roboter.

„Weiter!" befiehlt er schließlich leise.

„Wenn die beiden mir nicht gerade bei der Arbeit zuschauten, sich küßten oder auf der Wiese herumkugelten, erzählten sie mir alle möglichen Schauermärchen. Zum Beispiel, daß sie auf dem Planeten einen Chefgott hätten. Der hieß Donnergott oder so und wohnte in dem Vulkan, der mich allmählich so nervös machte. Ich hatte den Eindruck, daß die beiden einen mächtigen Respekt vor diesem Donnergott hatten. Und daran schienen mir diese buntgekleideten Oberzausel, diese Zauberer, nicht ganz unschuldig zu sein. So erzählten sie mir, übrigens ganz gelassen, jedes Jahr würde ein Mädchen gewählt, das sich im Vulkan mit dem Donnergott verheiraten dürfe. Ob es denn dazu dort nicht etwas zu heiß und ungemütlich wäre, wollte ich wissen. Doch bei dem Thema verstanden sie keinen Spaß. Pina versicherte mir allen Ernstes, daß es eine große Ehre wäre, mit dem Donnergott Hochzeit zu halten. Das war übrigens das erste und das einzige Mal, daß ich während der Zeit auf dem Planeten die Arbeit an dem Triebwerk unterbrach. ‚Und wenn nun die Wahl auf dich fällt?‘ fragte ich das Mädchen. Plötzlich hatte sie eine hohe dünne Stimme, als sie sagte, das wäre ihr Traum. Pinu schaute zu Boden, und dann gingen beide und hielten sich dabei nicht an den Händen.“

„Noch hat sie nicht gegen das Gesetz verstoßen“, flüstert Tobias fast bittend Nikolai zu. „Es war eine Notlandung, und sie hat die Kontakte zu den Junos auf ein Mindestmaß beschränkt!“

Nikolai seufzt.

„Erzähl weiter“, befiehlt er dem Roboter.

„Ich arbeitete Tag und Nacht. Die Wolke über dem Vulkan wurde immer schwärzer. Die Junos hatten noch nie einen Ausbruch erlebt, das wußte ich von Pina und Pinu. Vermutlich glaubten die Junos, daß dieses Grollen vom Donnergott käme, der dringend eine neue Frau benötigte, denn alle Tage und Nächte hörte ich in den Dörfern Trommelklang.

Und dann war es endlich soweit: ‚Schrott‘ war repariert. Es war auch höchste Zeit! Eben umschritt ich nochmals stolz mein

Werk, als ich eine Stimme hörte. Es war Pinu, der über die Wiese gerannt kam. Er weinte und warf sich vor mir auf den Boden. Ich ahnte Schlimmes. Und tatsächlich, man hatte Pina für die heiße Hochzeit mit dem Donnergott erkoren. Und nun bat er mich, sie zu retten."

„Du hättest nichts unternehmen dürfen, du kennst das Weltraumrecht!" ruft Nikolai.

„Dann müßt ihr mich eben verschrotten", sagt Wilhelmine. „Ich sehe nicht ein, daß dieses Recht für diese blöden Oberzausel und gegen die Liebe von Pinu und Pina eingerichtet sein soll."

„Du hättest dich nicht einmischen dürfen, versteh doch!"

„Nicht ich habe mich eingemischt", erklärt Wilhelmine. „Pinu und Pina waren es. Pina war das erste Mädchen, wie mir Pinu berichtete, das nicht freiwillig und mit leuchtenden Augen in den Vulkan geklettert ist. Sie hat geweint und geschrien, als man sie hinführen wollte. Und auch Pinu hat sich gewehrt: Er ist zu mir gekommen."

„Erzähl weiter!" sagt Nikolai müde, als der Roboter eine Pause macht.

„Oh, da gibt es nicht mehr viel zu erzählen", ruft Wilhelmine vergnügt. „Ich habe eine fabelhafte Schau abgezogen. Gemeinsam mit Pinu kletterte ich in die Rakete, und wir flogen zum Vulkan. Als ‚Schrott' herangedonnert kam, gingen alle Junos in Deckung. Ich hielt ihnen eine fabelhafte Ansprache. Ich verkündete, daß der Donnergott unheimlich sauer sei, seit Jahren habe er die Frauen über, er wolle nicht mehr heiraten, und die Zauberer seien einfach zu dumm, ihn richtig zu verstehen. Nun sei der Donnergott so wütend, daß er noch heute gedenke auszuziehen. Und nun sollten sie alle blitzschnell die Nähe des Vulkans verlassen, denn der Abschied des alten Blaubarts würde mit mächtigem Getöse verbunden sein und recht brenzlig werden. Ich erklärte die Zauberer für abgesetzt, und Pinu und Pina führten ihr Volk auf einen entfernten Berg. Keine Minute zu früh übrigens: Schon barst der Vulkan, Lavaströme flossen in die Täler, und die Erde bebte.

Ich aber flog von dannen, zurück zum blauen Planeten. Dort hatte man meine Abwesenheit nicht einmal bemerkt.

Werde ich nun verschrottet?"

Nikolai und Tobias sehen sich an.

„Ich glaube, ich habe mich auf dem Juno II getäuscht", sagt Tobias nach einer Weile zögernd. „Der Gott, den man dort verehrt, heißt Hilfrentine."

Nikolai pfeift leise vor sich hin. Dann geht er zu dem alten Roboter.

„Du hast uns da eben ein nettes Märchen erzählt", sagt er eindringlich. „Hast du mich verstanden?"

„Ja", antwortet Wilhelmine vergnügt. „Ich werde mich bemühen, dieses Märchen ganz schnell zu vergessen."

„Verschwinde, Feuergott!" ruft Nikolai.

„Feuergott?" Der Roboter wackelt mit den Objektivaugen. „Chef, ich verstehe nicht, was Sie meinen. Mein Name ist Wilhelmine."

Wilhelmines zweite Panne

Erzählte ich schon, daß ich Wilhelmine nochmals wiedergesehen habe? Nein? Dann will ich es jetzt tun. Jetzt darf ich das, die Ereignisse liegen nun schon ein paar Wochen zurück.

Zehn Jahre sind seit Wilhelmines erster Panne, die sie mit der Zeitmaschine erlebt hat, vergangen. Inzwischen fahre ich kaum noch Fahrrad, dafür mehr Auto, was eigentlich ungesund ist. Aber man kommt schneller voran. Denkt man.

Am Morgen des 24. Juli setzte ich mich in mein Auto, um rechtzeitig dazusein, wenn Wilhelmine wieder erscheint.

Denn daß sie kommt und daß es mit der Zeitmaschine erneut Schwierigkeiten geben würde, hatte sie mir schon zehn Jahre zuvor erzählt. Und auch, daß durch ihre Schuld ein Junge und ein Mädchen sehr traurig werden würden.

Und das wollte ich durch mein rechtzeitiges Erscheinen verhindern. Daß mir das nicht gelingen würde, auch davon hatte mir Wilhelmine erzählt. Ja, aber ... Den ganzen Tag zuvor hatte ich mein Auto untersucht, Probefahrten unternommen, alles schien am nächsten Morgen in Ordnung zu sein ... Ich fuhr los – und nach fünf Kilometern platzte der Keilriemen. Nach weiteren zehn Kilometern verlor ich die Lichtmaschine ...

Und während ich fieberhaft mein Auto reparierte und das Wunder vollbrachte, binnen kürzester Zeit eine Lichtmaschine aufzutreiben, nahm in S. die Geschichte ihren Anfang, deren Ende ich seit zehn Jahren kannte.

Natürlich bekam auch Stephan einen mächtigen Schreck, als Wilhelmine plötzlich neben ihm stand. Er war gerade dabei, Wasserflöhe zu angeln. Doch was heißt: neben ihm stand ... Wilhelmine tauchte im Wasser auf, über und über mit Algen bedeckt, und fluchte und schimpfte – bis sie den Jungen erblickte, der sie verwirrt ansah.

„Oh, nein!“ rief Wilhelmine. „Das ist doch kein Urmensch! Diese verdammte Zeitmaschine! Wegschmeißen sollte man das

Ding, wieder falsch gelandet. Entschuldigung!" sprach sie zu dem Jungen. „Am besten, du tust so, als wäre ich nicht da!"

Sprach es und kam aus dem Tümpel gewatet.

Stephan war in diesem Augenblick sicher überfordert. Stellt euch vor, euch würde geschehen, was ihm geschah: Würdet ihr so tun können, als wäre alles normal?

„Wer bist du?" flüsterte Stephan.

„Wilhelmine, Roboter der Leistungsklasse I, angesiedelt im 24. Jahrhundert. Mein Dienstauftrag lautet: Beobachtung einer Urmenschenhorde. Auftrag nicht ausführbar, da zur falschen Zeit, ich schätze 20. Jahrhundert, gelandet. Ich werde beantragen, daß in Zukunft solche Reisen unterbleiben. Lächerlich, ich in einem Tümpel . . ."

Nun muß ich zu Stephans Ehre erwähnen, daß er die Begegnung mit Wilhelmine viel leichter verkraftete als ich zehn Jahre zuvor. Mit zunehmendem Alter wird man nicht unbedingt geschickter in Situationen, die etwas aus dem Rahmen fallen.

Will sagen, Stephan nahm es einfach hin, daß da ein Roboter aus dem 24. Jahrhundert vor ihm stand. Mehr noch, er ahnte, daß diese Begegnung ein richtiges Abenteuer für ihn werden könnte.

„Und nun?" fragte er Wilhelmine. „Mußt du nun für immer hierbleiben?"

„Davor bewahre mich das 24. Jahrhundert!" rief Wilhelmine entsetzt. „Allerdings, ich muß zugeben, es könnte schon ein Weilchen dauern, bis man den Schaden bemerkt und mich zurückholt. Am besten, ich mache mich unsichtbar!"

Und schon war sie verschwunden.

„Hallo!" rief Stephan. „Bist du noch hier?"

„Natürlich!"

„Dann werde gefälligst wieder sichtbar. Denn erstens ist es unhöflich, und zweitens sieht uns hier keiner."

„Einverstanden", sprach Wilhelmine und war wieder da. „Und was nun?"

„Wir unternehmen etwas. Wenn ich richtig informiert bin, seid ihr Roboter dazu da, den Menschen zu helfen. Ich bin ein Mensch, also hilf mir."

„Blöde Situation", brummte Wilhelmine.

„Im Prinzip zwar hat der Junge recht. Aber wenn das nur gut geht . . ."

„Also, angle erst mal Wasserflöhe für mich!"

„Bitte!"

Und schon war das Glas voll.

„Komm, gehen wir zu mir nach Hause. Ich muß unbedingt die Fische füttern. Du kannst dich ja auf dem Weg unsichtbar machen. In der Wohnung besteht keine Gefahr, meine Eltern sind auf Arbeit."

Stephan nahm das Glas mit den Wasserflöhen, den Kescher und wollte loslaufen.

„Moment mal!" rief Wilhelmine. „Wo wohnst du überhaupt? Ich kann mich zwar unsichtbar machen, bin aber trotzdem da! Weißt du, wieviel ich wiege, und sieh nur, wie groß ich bin. Wenn ich in einem Bus oder in einer Straßenbahn jemandem auf die Zehen trete . . ."

„Ach so", Stephan betrachtete nachdenklich Wilhelmine, „das allerdings hatte ich nicht bedacht."

„Denke nicht zu viel", erwiderte Wilhelmine, „einen Roboter aus dem 24. Jahrhundert langweilt das. Also, komm auf meinen Arm, dann bist auch du unsichtbar, und wir fliegen, wohin du willst."

„Phantastisch!" rief Stephan, nachdem sie eine Weile unterwegs waren. „Herrlich. Und keiner sieht uns, und wir sehen alles. Sieh nur, dort die Türme, das ist meine Heimatstadt. Und dort in dem Neubaublock wohne ich. Da, der Block dort. Nur gut, daß ich die Balkontür offengelassen habe. Passen wir da durch?"

„Kein Problem", brummte Wilhelmine. Und schon standen sie in der Wohnung.

„Komm mit in mein Zimmer“, forderte Stephan Wilhelmine auf. „Ich zeige dir mein Aquarium.“

„Aha“, sagte Wilhelmine, die Fische betrachtend, „um ehrlich zu sein, im 24. Jahrhundert sind solche Dinger aus der Mode gekommen. Und was unternehmen wir nun? Soll ich deine Hausaufgaben lösen? Wollen wir irgend jemand ärgern? Ich kenne doch euch Knaben, in welchem Jahrhundert auch immer, ihr ändert euch nicht . . .“

Doch zu Wilhelmines Überraschung schwieg Stephan. Still saß er auf einem Stuhl, und als Wilhelmine genauer hinsah, bemerkte sie, daß Stephan ein Bild betrachtete. Der Roboter bemühte seine Teleskopaugen: Es war das Bild eines Mädchens, eines hübschen, sympathischen Mädchens, das den Betrachter nett anlächelte.

Wilhelmine gab einen Ton von sich, den man als Seufzen bezeichnen könnte. Dieses Geräusch läßt sie immer dann hören, wenn sie menschliche Gefühle in ihrer Umgebung erahnt. Es wird dadurch erzeugt, daß ihr Computer eine Leistungsstufe hinzuschaltet.

Trotzdem sind Roboter, wenn es um menschliche Gefühle geht, meistens überfordert.

„Deine Freundin?“ fragte Wilhelmine.

„Ja“, erwiderte Stephan. „Sie heißt Uta. Gefällt sie dir?“

„Sie hat gute Augen, falls du verstehst, was ich meine.“

„Ich verstehe es.“

„Also hast du sie lieb?“

„Ja, sehr.“

„Und weshalb guckst du dann so traurig?“

„Sie ist im Kinderferienlager, morgen kommt sie zurück.“

„Ja, aber, ist denn das kein Grund zur Freude?“

Stephan nahm einen Brief in die Hand.

„Ich bin so unruhig“, flüsterte er. „Hier in diesem Brief zum Beispiel beschreibt sie mir über zwei Seiten das Neptunfest. Und am Ende schreibt sie: ‚Du mußt mir glauben, daß ich Dich liebhabe.‘ Ich frage dich, was soll das? Wieso soll ich ihr glauben? Zwischen uns war doch alles klar, als sie wegfuhr. Wilhelmine, ich will es wissen. Wir fliegen in das Ferienlager!“

„Verflixte Zeitmaschine!“ brummelte Wilhelmine. „Wissensdrang ist ja etwas, das man durchaus unterstützen sollte . . . Also gut . . .“

Minuten später befanden sie sich an Ort und Stelle. Es war gerade Mittagspause. Eigentlich hätten alle Kinder in den Bungalows sein müssen. Uta wohnte im Bungalow Nummer vierzehn. Geräuschlos und unsichtbar bewegten sich Wilhelmine und Stephan durchs Lager. Es war sehr warm, und die Türen standen weit offen. In der Nummer vierzehn waren die ältesten Mädchen untergebracht. Doch Uta schien nicht anwesend zu sein. Die anderen Mädchen ihrer Gruppe lagen auf den Betten herum, zwei saßen am Tisch und schrieben letzte Urlaubsgrüße. Wilhelmine und Stephan wollten gerade wieder gehen, als die eine sagte: „Wo ist eigentlich Uta?“

„Na, wo schon“, erwiderte die andere. „Große Liebesgeschichte. Tränenreicher Abschied. Wird sich mit Mirko irgendwo rumknutschen.“

„Bist ja bloß neidisch“, rief eine vom Bett aus. „Würdest ja selber gerne rumknutschen . . .“

„Du meinst wohl, ich hätte nicht. Du hältst ja bei der Disko bloß mal Händchen . . .“

Stephan wollte von Wilhelmines Arm herunterspringen. Wilhelmine mußte ihn so festhalten, daß es schon weh tat. Schnell ging sie, mit dem Jungen auf dem Arm, ins Freie.

„Wir fliegen zurück“, schlug Wilhelmine vor.

„Nein, ich will es wissen, wir suchen sie.“

„Ob das gut ist?“ fügte sich Wilhelmine seufzend. Eine weitere Leistungsstufe hatte sie hinzugeschaltet, doch auch die reichte noch nicht aus.

Sie fanden Uta auf einer der Bänke der Freilichtbühne, und bei ihr war ein Junge. Die Bühne lag vom Lager ein Stück entfernt, kein Mensch sonst war weit und breit zu sehen. Der Junge und das Mädchen küßten sich gerade. Doch dann wehrte das Mädchen den Jungen ab.

Wilhelmine, mit Stephan auf dem Arm, befand sich so nahe, daß sie alles hören konnte.

„Was ist?“ fragte der Junge.

„Es muß Schluß sein“, sagte das Mädchen. „Die Zeit hier war wunderschön, und ich bin froh, daß ich dich kennengelernt habe. Aber ich habe dir von meinem Freund erzählt. Ich habe ihn wirklich gern.“

„Mehr als mich?“ fragte der Junge traurig.

„So kann man das nicht sagen. Ich habe dich auch sehr gern. Aber versteh doch . . .“

„Ich versuche es ja“, antwortete der Junge. „Aber küß mich noch mal . . .“

„Weg . . .!“ flüsterte Stephan mit tränenerstickter Stimme Wilhelmine zu. „Schnell weg von hier . . .“

Minuten später standen sie wieder in Stephans Zimmer. Der Junge gebärdete sich wie ein Wilder. Wilhelmine schaute ihm verständnislos zu. Stephan zerriß Briefe, das Bild . . .

„Nun mal langsam“, rief Wilhelmine. „Wenn ich richtig gehört habe, und ich verhöre mich nie, hat Uta gesagt, daß sie dich gern hat. Statt daß du froh bist . . .“

„Sie hat mich belogen. Sie hat unsere Liebe verraten. Ich will sie nie wieder sehen . . . Verschwinde, du Roboter, du, verschwinde dorthin, woher du gekommen bist!“

„Ja, wenn das so leicht wäre“, sprach Wilhelmine, und verwirrt verließ sie die Wohnung . . .

Sie war so verwirrt, daß sie vergaß, sich unsichtbar zu machen. Ich stieg gerade aus dem Auto, als sie aus dem Haus kam.

„Unsichtbar!“ rief ich schnell. Wilhelmine reagierte augenblicklich. Ich ging dorthin, wo ich sie vermutete.

„Ich bin also doch zu spät gekommen“, sagte ich.

„Ja.“

Dann standen wir eine Weile still nebeneinander.

„Ich verstehe nur eins nicht", sagte ich dann. „Du wußtest doch schon vor zehn Jahren, was heute passieren würde. Warum hast du dich darauf eingelassen, den Jungen in das Ferienlager zu fliegen?"

„Das hängt mit der Zeitschleife zusammen. Überall, wo ich mich gerade befinde, ist ein Knoten. Das heißt, ich kann mich zwar aus der Zukunft heraus erinnern, weiß aber zum Beispiel im Moment nicht, ob ich im nächsten Augenblick ins 24. Jahrhundert zurückgerufen werde."

„Du wirst", beruhigte ich Wilhelmine, „und zwar in ein paar Minuten. Das hast du mir vor zehn Jahren erzählt."

„Dann stimmt es", sagte der Roboter erleichtert. „Danke."

Ich wagte nicht zu fragen, was es mit der Zeitschleife auf sich hat. Ich hätte es sowieso nicht begriffen.

„Ich verstehe das alles nicht", sprach der Roboter. „Warum ist der Junge so unglücklich?"

„Das Mädchen wird es auch bald sein", antwortete ich. „Das weiß ich, weil ich ein Mensch bin. Das Mädchen wird heimkommen, freudestrahlend, mit dem festen Willen und Glauben, daß alles zwischen ihr und Stephan gut, ja vielleicht noch besser werden wird. Sie hat ihn ja wirklich gern. Doch Stephan wird ihr nicht in die Augen sehen können. Das Bild aus dem Ferienlager ist zu stark in ihm, es tut zu sehr weh. Das Mädchen wird nicht wissen, was mit Stephan los ist, und er kann ihr's nicht erzählen. Mit der Zeit werden sie sich immer fremder werden und auseinandergehen."

„Und sie haben keine Chance?"

„Doch", sagte ich, „aber nicht miteinander. Vielleicht mit einem neuen Freund beziehungsweise Freundin."

„Und wenn Stephan nichts gewußt hätte, wäre alles gut geworden?"

„Anders", sagte ich. „Auf alle Fälle hätten sie eine Chance gehabt."

„Ich will zurück ins vierundzwanzigste Jahrhundert“, brummte Wilhelmine. „In jener Zeit kommt keiner auf die dumme Idee, mit der Hilfe von Robotern Gefühle auszukundschaften.“

„Ja“, sagte ich. „Wir sind für den Umgang mit euch noch nicht reif genug. Aber das kommt noch.“

„Das kann ich dir versprechen“, rief Wilhelmine, und dann fragte sie: „Und wie geht es dir? Erzählst du nun meine Geschichten, wie ich’s dir vor zehn Jahren empfohlen habe?“

„Ich bemühe mich“, sagte ich. Aber ich wußte, daß Wilhelmine meine Antwort nicht mehr hörte. Das hatte sie mir schon zehn Jahre zuvor erzählt.

Das 24. Jahrhundert hatte gerufen, und sie war davongeflogen.

Wie Wilhelmine Wilhelmine wurde

Ich sag's gleich: Dies ist eine komplizierte Geschichte. Nur der, den es wirklich interessiert, sollte weiterlesen. Es sind nämlich gleich drei Geschichten, die ich erzählen muß, und das einzige, das sie verbindet, ist Wilhelmine.

Aber denen, die trotzdem mutig weiterlesen, verspreche ich: In einer geht es zu wie im Krimi, in der zweiten spielt die Liebe eine Rolle, und in der dritten begegnet ihr einem alten Bekannten, Hannibal Schieberbein.

Ihr erinnert euch? Hannibal Schieberbein, der Vater von Tobias und Sabine. In dem Buch „Wilhelmine und der unheimliche Planet" wird eine ganze Menge über ihn berichtet. Was, das kennt ihr nicht? Aber dann schnell in die Bibliothek!

Also, Hannibal ist ein Grübler. Wenn seine Frau nicht so abenteuerlustig wäre, vermutlich hätte er sein ganzes Leben auf der Erde verbracht und wäre nicht im Weltraum herumgeflogen. Nun denkt nicht, er sei deshalb unglücklich gewesen, nein. Er fand immer etwas, über das es sich lohnte nachzudenken.

So zum Beispiel über Wilhelmine.

Als er nämlich in das Alter kam, in dem man über alles grübelt, was einem so im Leben widerfahren und begegnet ist, kam er zu dem erstaunlichen Ergebnis, daß die verrücktesten Abenteuer, die er erlebt hatte, sich alle mit dem Roboter Wilhelmine verbanden.

Das konnte kein Zufall sein. Und so begann er über den uralten Roboter nachzudenken und dann zu forschen, er durchstöberte die Archive der Roboterverleihzentrale . . . Denn seltsam war es schon, Tausende Roboter des Wilhelminetyps, genauer, Sicherheitsroboter der Leistungsklasse I, hatte es gegeben, doch alle anderen waren normale Roboter, die nicht weiter auffielen – sie arbeiteten ein Roboterleben lang und wurden nach etwa hundert Jahren verschrottet.

Nicht so Wilhelmine.

Und dann entdeckte Hannibal etwas ganz Wichtiges, sicherlich Entscheidendes: Wilhelmine war der erste Sicherheitsroboter der Leistungsklasse I, das heißt – sie wurde von Menschen gebaut – alle anderen Roboter dieses Typs montierten dann nach Wilhelmines Muster Automaten.

Und nun sind wir schon bei der Liebesgeschichte. Ihr seht, so kompliziert ist es gar nicht, auch wenn ich jetzt von Mestopasen reden muß. Ihr wißt nicht, was Mestopasen sind? Tröstet euch, ich auch nicht. Sie werden nämlich erst im Jahr 2025 entdeckt, und Wilhelmines „Geburtsjahr" ist das Jahr 2030.

Also, Mestopasen sind die Dinger, die, kunstvoll verknüpft, einem Robotergehirn die Leistung verleihen, die es dem menschlichen Gehirn vergleichbar machen.

Entwickelt wurde Wilhelmine im Institut von Professor Cornelius. Und hier ist die versprochene Liebesgeschichte. (Allerdings kann ich leider nur kurz darauf eingehen!)

Constantin Cornelius war zweiundzwanzig Jahre alt, als er zum Professor ernannt wurde. Er war ein Genie! Und bei Genies ist es oft so, daß sie für irgend etwas keine Zeit haben.

Bei Professor Cornelius war dies die Liebe.

Er bemerkte es viele Monate gar nicht, daß in seinem Kollektiv eine Physikerin arbeitete, die Bärbel hieß und hoffnungslos in ihn verliebt war.

Doch dann, eines Tages geschah es. Und es war gerade der Tag, an dem Bärbel mit hauchdünnen Goldfäden die ersten Mestopasen in Wilhelmines künftigem Elektronengehirn verband.

Nun muß man erwähnen, daß Mestopasen hochempfindlich sind. Sie nehmen die kleinsten Schwingungen wahr, verändern sich dadurch, ohne daß man das gleich bemerken könnte.

Im Jahr 2030 vermochte man mit ihnen noch nicht so richtig umzugehen, doch Professor Cornelius ahnte es schon und hat es dann später auch bewiesen. Von da an wurden Mestopasen nur noch von Robotern montiert.

Doch an jenem Tage im Jahre 2030 dachte der Professor nicht

... und küßt Bärbel auf den Hals.

an Mestopasen, als er das Labor betrat. Etwas, das er nicht begriff, beunruhigte ihn. Und nichts macht einen Wissenschaftler so nervös wie etwas, das er mit seinem Verstand nicht begreifen kann.

Immer wieder lief er in das Labor, in dem Bärbel arbeitete, betrachtete die junge Frau, die dort, über das Mikroskop gebeugt, arbeitete, und er verstand nicht, weshalb sein Herz so aufgeregt schlug, weshalb seine Knie weich waren – es mußte an der Frau liegen –, und er begriff es nicht, wußte nicht, was ihm geschah – er ging auf einmal zu ihr hin, zögerte, doch dann faßte er sie an den Schultern ... und küßte Bärbel auf den Hals.

Ihr ahnt schon, was weiter geschah. Der Professor wußte plötzlich: Er war verliebt. Und Bärbel durchschauerte es, wie es einen in solchen Momenten durchschauert – und die Mestopasen haben es gespeichert, denn eben hielt Bärbel einen Golddraht in der Hand, der sie mit Wilhelmines Elektronengehirn verband ...

Als der Professor wieder klar denken konnte, ahnte er natürlich, daß es womöglich eine Panne gegeben haben könnte. Also montierte er persönlich weiter, denn schließlich hatte er doch einen kühlen Kopf, von schwachen Momenten mal abgesehen ...

Und dann gab es da im Institut noch Emma Wandwinkel. Sie kommandierte die Putzperlen, also die Halbroboter, die das Institut sauberhielten.

Professor Cornelius saß gerade am Montagemikroskop, als Emma erschien.

„Füße hoch!" kommandierte sie. Der Professor hob brav die Füße. „Diese blöden Halbroboter", schnaubte Emma. „Für die Flächen sind sie ja gut. Aber wie hier unterm Tisch mal ordentlich sauberzumachen, das schaffen sie nicht. So, Sie können die Haxen wieder runternehmen, Professorchen ... Was machen Sie da eigentlich den ganzen Tag? Nur fummeln, Sie sollten lieber mit Bärbel spazierengehen ..."

Kinder, merkt ihr etwas? Ja, das genau ist die Sprache von Wilhelmine! Und auch das hat Hannibal herausgefunden: Emma Wandwinkel hat die letzten Mestopasen miteinander verbunden. Der Professor hatte nämlich ein schlechtes Gewissen. Er sagte sich: Was taugt ein Sicherheitsroboter, der Liebe kennengelernt hat. Also gebe ich ihm zum Ausgleich noch etwas zupackenden Menschenverstand mit auf den Weg.

Darüber dachte er gerade nach, als Emma Wandwinkel erschien. Und er schaffte es, sie dazu zu bringen, sich ans Mikroskop zu setzen ...

Und damit sind wir schon beim Krimi angelangt.

Daß Wilhelmine schon in frühester Jugend Auffälligkeiten zeigte, wißt ihr ja aus der Geschichte mit den Chaoten. Archibald Müller war es übrigens, der dem Roboter den Namen „Wilhelmine" gab. Weil er so seltsam sprach.

Auch die Tatsache hat Hannibal Schieberbein entdeckt.

Doch das entscheidende Vorkommnis, das Wilhelmine einen legendären Ruf einbrachte, geschah erst ein paar Jahre später, und zwar im Jahre 2035.

In dem Jahr sollte eine Expedition zum Kleinplaneten „Ulcus 15" durchgeführt werden. Ulcus heißt auf deutsch Magengeschwür, und jener Himmelskörper wurde deshalb so genannt, weil er für mindestens fünfzehn Magengeschwüre verantwortlich war, die Astronomen bei seiner Beobachtung bekommen hatten. Er verhielt sich nämlich nie so, wie sie es vorausberechneten. Und weshalb das so war, sollte eine kleine Expedition herausbekommen, deren Kommandant Omar Malmquist war.

Die zwei jungen Wissenschaftler, die mit ihm flogen, hießen Ferdinand und Sascha.

Und Wilhelmine war dabei.

Sie wurde aus der Roboterverleihzentrale geholt und ins Raumschiff gebracht.

„Dies ist der Kommandant Omar Malmquist!" rief der Vertreter der Zentrale. „Jeden seiner Befehle hast du umgehend auszuführen. Verstanden?“

„Verstanden!“

In jenen Jahren war der Umgangston zwischen Menschen und Robotern noch ziemlich rauh. Und nicht nur das. Ich muß euch leider erzählen, daß es auch im Jahr 2035 noch Menschen gibt, in denen solche schlechten Eigenschaften wie zum Beispiel Neid, Mißgunst und Skrupellosigkeit schlummern.

Omar Malmquist war ein solcher Mensch. Er wußte allerdings bis zu dieser Expedition selbst nichts davon.

Nach monatelangem Flug erreichte das Raumschiff den Planeten Ulcus 15. Die Zeit bis dahin war harmonisch verlaufen. Ferdinand und Sascha alberten oft mit Wilhelmine herum, Omar beteiligte sich nie daran, aber das konnte man ja damit erklären, daß er der Kommandant war.

Doch in Wirklichkeit träumte er. Und wie die Zukunft zeigen sollte, waren es gefährliche Träume ... Er träumte davon, daß mit diesem geheimnisvollen Planeten etwas Besonderes sei und daß er, Omar, das Geheimnis entdecken und damit sehr berühmt werden würde.

Aber wie sollte er der alleinige Entdecker werden? Wilhelmine war ja nur ein Roboter, aber da waren ja auch noch Sascha und Ferdinand ...

Das Raumschiff landete auf Ulcus 15, und die drei Männer gingen von Bord. Wilhelmine wurde zurückgelassen, das war ungewöhnlich, doch Omar Malmquist befahl es so.

Nach zwei Stunden kam Omar allein zurück, aufgeregt.

„Sofort starten!“ befahl er Wilhelmine.

„Was ist passiert? Wo sind Sascha und Ferdinand?“

„In einen Spalt gestürzt und wahrscheinlich tot. Dies ist kein Planet. Vermutlich ist es ein verlassenes Raumschiff einer fernen Zivilisation, mit einer der Erde unbekannten Antriebsart. Ich muß sofort zurück und es melden. Also starten!“

Wilhelmine tat nicht dergleichen.

„Wir müssen Ferdinand und Sascha suchen."

Jeder andere Roboter, der nach Wilhelmines Grundmuster gebaut worden war, hätte Omars Befehl sofort befolgt. Er war der Kommandant. Omar Malmquist schaute deshalb völlig verdutzt den Roboter an. Woher sollte er auch wissen, wie sehr Bärbel einst die Hand gezittert hatte!

„Start!" befahl Omar und zog die Laserpistole. Aber Wilhelmine war ein Sicherheitsroboter. Mit Leichtigkeit überwältigte sie den Kommandanten und verstaute ihn in einem Schrank.

„Hier ist etwas oberfaul", brummelte sie dabei.

Dann ging sie, Sascha und Ferdinand zu suchen.

Völlig unverletzt fand sie sie, nur wenige hundert Meter vom Raumschiff entfernt.

Omar Malmquist hatte sie unter einem Vorwand zurückgelassen . . . Sie sollten dort auf seine Rückkehr warten.

Wäre das Raumschiff gestartet, hätten sie noch acht Stunden gelebt. Dann wäre nämlich der Sauerstoff für ihre Raumanzüge verbraucht gewesen.

Auf die Erde zurückgekehrt, erhielt Omar Malmquist seine gerechte Strafe.

Und Wilhelmine wurde untersucht, von oben bis unten, nichts schien sie von den anderen Robotern zu unterscheiden. Und doch – sie war anders, und keiner konnte sich erklären, warum.

Und damit sind wir wieder bei Hannibal angekommen und bei seinen Forschungen. Er hat Wilhelmines Geheimnis gelüftet. Und später hat er ein Buch über Wilhelmines Entstehung geschrieben. Es erscheint im Jahre 2437.

Deshalb werdet ihr es in der Bibliothek nicht finden.

Aber was soll's, es ist ja schon gut, daß ihr Wilhelmines Abenteuer erfahrt. Ihr braucht ja nur die nächste Geschichte zu lesen, und die ist kein bißchen kompliziert.

Ich verspreche es euch.

Wilhelmine macht das Wetter

Wilhelmine ist alt geworden. Sofern man von alten Robotern sprechen kann. Aber schon zwei Jahrhunderte werden Sicherheitsroboter dieses Typs nicht mehr gebaut. Deshalb ist Wilhelmine alt, für sie gibt es keine Ersatzteile mehr. Alles eine Ersatzteilfrage im Jahre 2451, zumindest für Wilhelmine.

Wenn sie läuft, hört man sie fünfzig Meter weit klappern. Und manche sagen, sie wäre komisch geworden. Wer das Vergnügen hatte, Wilhelmine einhundert Jahre früher kennenzulernen, weiß, daß man sie als originell – vertrottelt bezeichnen kann. Doch jetzt ist sie manchmal rechthaberisch und unbequem. So weigert sie sich zum Beispiel, ihre Gelenke schmieren zu lassen, obwohl sie dadurch Unbequemlichkeiten in Kauf nehmen muß: Sie darf sich dann nicht mehr bewegen, wenn Schlafenszeit ist. Das Getöse würde die Kinder wekken.

Wilhelmine lebt nämlich seit zehn Jahren in der Kinderkolonie „Mars 7“ auf dem Planeten Mars. Dort kommen Kinder hin, deren Eltern wegen wichtiger Forschungsaufgaben im Weltraum sind, bei denen sie, wegen der Gefährlichkeit, Kinder nicht mitnehmen dürfen. Wilhelmine hat hier nur eine Aufgabe. Sonntags, in der „Stunde der Mondkälber“, erzählt sie Geschichten. Angeblich hat sie alle selbst erlebt. Ob das wahr ist, weiß keiner.

Heute ist wieder Sonntag, nach irdischem Kalender. Pünktlich fünfzehn Uhr erscheinen ihre Gäste: Sascha, Franziska, Mike und einige andere.

„Nun, Kinderchen, was soll ich euch heute erzählen?“ fragt Wilhelmine nach der Begrüßung. Aber die Kinder sind heute unkonzentriert.

„Weißt du das Neueste?“ fragt Mike Wilhelmine.

„Nein, sicher nicht“, meint Wilhelmine. „Ich klappere so laut, dadurch höre ich sehr wenig.“

„Opa Nelson verläßt uns für vier Wochen“, erzählt Franziska.

„Seine Tochter hat auf dem Erdmond Zwillinge bekommen. Und nun will er seine Enkel besuchen."

Hier muß eingefügt werden, daß Opa Nelson für das Wetter in „Mars 7" verantwortlich ist. „Mars 7" sieht nämlich wie eine riesige Käseglocke aus, 15 Kilometer im Durchmesser und in der Mitte sieben Kilometer hoch. Natürlich hat „Mars 7" ein eigenes, gesteuertes Wettersystem. Und das bedient Opa Nelson, einer der wenigen Erwachsenen in der Station.

„Und wer übernimmt nun das Wetter?" fragt Alf.

„Ein Computer, dem Opa Nelson ein Programm eingefüttert hat", murrt Mike.

„Was gefällt euch denn nicht am Wetter?" fragt Wilhelmine interessiert.

„Es ist so einfallslos", klagt Lola. „Drei Monate Frühjahr, drei Monate Sommer, drei Monate Herbst und drei Monate Winter. Gegen den Sommer habe ich ja nichts, da kann man baden. Aber wozu in unserer Station Herbst und Winter gut sind, weiß ich wirklich nicht."

„Nun halt mal die Luft an", sagt da Frank. „Wenn es keinen Winter gäbe, wie sollten wir denn da Ski fahren."

„Ich fahre nicht gern Ski. Ich friere so leicht", sagt Lola beleidigt.

„Dein Problem", knurrt Frank.

„Weshalb macht Nelson eigentlich keine kleinen Wetterchen?" fragt Franziska. „Einen Tag Winter, einen Tag Sommer und so weiter . . ."

„Oder alle fünfzig Meter ein anderes", schlägt Frank vor.

„Weil Opa Nelson kein Roboter ist", antwortet Wilhelmine.

Die Kinder sehen sie erstaunt an.

„Ganz einfach", sagt Wilhelmine, „Opa Nelson ist ein alter Mann. Er möchte seine Ruhe haben. Deswegen immer nur: Frühling, Sommer, Herbst und Winter. Ein Roboter dagegen könnte allen siebenhundert Kindern ein Privatwetterchen machen, das es in sich hat!"

„Toll!“ flüstert Frank. „Sag mal, Wilhelmine, du bist doch als Roboter nicht gerade überfordert. Könntest du nicht das Wetter während der Abwesenheit von Opa Nelson übernehmen?“

„Könnte ich“, sagt Wilhelmine leichthin.

„Fein!“ ruft Franziska. „Dann geh doch gleich los und frage Nelson.“

Wilhelmine begibt sich zur Wetterzentrale. Von dort aus werden all die Maschinen bedient, die Regen, Schnee, Wind und Wärme erzeugen.

„Tag, Nelson, ich bin es, Wilhelmine“, sagt der Roboter. Der alte Mann dreht sich nicht um. „Daß du es bist, Wilhelmine, hättest du nicht extra zu betonen brauchen: Ich höre dich seit fünf Minuten kommen. Was willst du denn?“ fragt er dann, dreht sich um und betrachtet neugierig den Roboter.

„Ich habe gehört, daß du uns für eine Weile verlassen willst?“

„Na und?“ fragt Opa Nelson.

„Die Kinder meinen, ich könnte in dieser Zeit dein Amt übernehmen“, sagt Wilhelmine scheinheilig.

Opa Nelson lächelt, besser gesagt, er grinst.

„Glaube nur nicht, ich wüßte nicht, was dahintersteckt“, sagt er dann. „Solange diese Station existiert, möchte jedes Kind einmal sein Privatwetter haben. Theoretisch ist das auch möglich. Aber weißt du auch, was das in Wirklichkeit bedeutet?“

„Ich bin ein Roboter“, sagt Wilhelmine stolz. „Es ist erwiesen, daß mein Elektronengehirn mehr leisten kann als ein menschliches Gehirn!“

„Und das glauben die Kinder auch?“ fragt Opa Nelson interessiert.

„Natürlich, sonst hätten sie mich ja nicht gebeten, das Wetter zu übernehmen.“

„Hm!“ murmelt Nelson. „Wenn das so ist . . . Bitte sehr, übernimm du das Wetter. Aber richte nicht zuviel Schaden an . . .“

Am nächsten Morgen fliegt Opa Nelson weg, und Wilhelmine nimmt seinen Platz in der Wetterzentrale ein. Die Maschinen sind auf Sommer eingestellt. Tagsüber plus 26 Grad Celsius, an den Abenden manchmal ein kleines Gewitter. In den Nächten ist es etwas kühler, ansonsten keine Wolke vor der künstlichen Sonne hoch oben in der Mitte der Station.

Um 10 Uhr meldet sich Frank über Funk.

„Wilhelmine, dieser ewige Sommer ist doch langweilig. Kannst du nicht mal Schnee fallen lassen. Wir würden uns alle sehr darüber freuen. Nur für eine Stunde ..."

„Sofort!" ruft Wilhelmine. Schnell dreht sie an einigen Knöpfen. Rasch sinkt die Temperatur, dunkle Wolken ballen sich zusammen, die Quecksilbersäule zeigt minus zwei Grad, und es schneit.

Schon zehn Minuten später meldet sich der Chefarzt der Krankenstation.

„Welcher Hohlkopf spielt denn da an der Wettermaschine herum?"

„Ich bin es, Wilhelmine", sagt der Roboter beleidigt.

„Dacht ich's mir doch", ruft der Arzt, „nur einer in dieser Station kann so verrückt sein! Eben sind hier zwanzig Kinder mit starker Unterkühlung eingeliefert worden, sie waren gerade baden!"

„Frank hat gesagt, alle Kinder wollen Winter", verteidigt sich Wilhelmine.

„Alle?" höhnt der Chefarzt. „Hast du etwas gehört, daß es darüber eine Abstimmung gegeben hätte? Ich nicht! Mach schleunigst wieder Sommer!"

Also läßt Wilhelmine die Temperatur wieder ansteigen.

„Wer war das?" tönt es aus dem Funkgerät. „Ich werde mich beschweren!"

„Wer spricht denn dort?" erkundigt sich Wilhelmine.

„Der Gärtnerroboter Nummer eins. Erst besteht durch diesen Wintereinbruch Gefahr, daß unsere sämtlichen Pflanzen erfrieren, und nun werden sie durch dieses starke Tauwetter weggeschwemmt!"

Wilhelmine verlangsamt die Erwärmung.

Da meldet sich Frank. „Weshalb läßt du denn schon wieder den schönen Schnee verschwinden?“ fragt er.

„Du hast mir ja etwas Schönes eingebrockt“, erwidert Wilhelmine. Sie erzählt, was vorgefallen ist.

„Na ja“, sagt Frank, „alle Kinder konnte ich vorher nicht fragen, das stimmt. Aber weshalb machst du nicht wie versprochen die örtlich begrenzten Kleinwetterchen? Die können doch keinen großen Schaden anrichten!“

„Gute Idee!“ ruft Wilhelmine. Sie geht zu dem Rundsagegerät und informiert alle Bewohner der Station, daß sie sich ab sofort ihr Privatwetter wünschen können. Natürlich müssen sie dabei den Ort angeben, wohin sie sich das Wetterchen wünschen. Eine Weile sind alle verblüfft, aber dann trifft ein Wunsch nach dem anderen ein.

Einundvierzig Gewitter werden gebraucht, keins größer als fünfzig Quadratmeter. Siebenundzwanzigmal bewölkter Himmel: Das heißt, Wilhelmine braucht siebenundzwanzig Wolken, die genau so stehen, daß sie auf ein paar Quadratmeter Schatten werfen. Sechsunddreißigmal Sturm. Elfmal Sturm und Schnee. Dreiundachtzigmal nur Schnee. Siebzehnmal Regen. Einhunderteinundfünfzigmal Trockenheit und hohe Temperaturen und so weiter, und so weiter . . .

Nach zwanzig Minuten ist Wilhelmine fertig. Im doppelten Sinne. Fünfhundertdreiundachtzig Privatwetter hat sie gebastelt. Für sich selber hat sie eine kleine Regenwolke bestellt, die ihr heißgelaufenes Elektronengehirn kühlen soll.

Aber eigentlich geht es nun erst richtig los. Jetzt kommen die Beschwerden. Als erstes müssen die Gewitter vom Programm gestrichen werden. Die einundvierzig Gewitter machen einen solchen Krach, daß die ganze Station wackelt. Die Stürme lassen sich nicht bremsen und brechen in friedliches Sommerwetter ein. Eisschollen aus Gebieten mit starkem Frost treiben die kleinen Flüsse hinunter, kühlen sie zu sehr ab und verletzen die badenden Kinder in den Gebieten mit Hochsommerwetter. Schmelzender Schnee überschwemmt Bereiche, in denen Trokkenheit gewünscht wurde. Oder es kam zu Doppelwünschen. Ein Kind hatte sich für ein Gebiet Schnee gewünscht, ein anderes für dasselbe Gebiet Sommer. Das Ergebnis: kalter, ungemütlicher Regen.

Aber nicht nur Fehler muß Wilhelmine berichtigen. Inzwischen wollen viele Kinder ein neues Wetter. Manche wollen zurück zu ihren Unterkünften. Aber sie haben Sommersachen an, und obwohl der Weg bis nach Hause nicht weit ist, müßten sie durch zwei Schneestürme und dreimal Regen laufen.

Es ist ein absolutes Durcheinander.

Die Regenwolke um Wilhelmines Kopf reicht nicht mehr aus. Auch kein Schneegestöber. Dem Roboter wird es schwarz vor den Objektivaugen. Einige Halbleiter brennen auf Grund der Überlastung durch. Mit letzter Kraft schaltet sie alle Maschinen zurück auf „Sommer“.

Dann fällt sie um.

Drei Tage brauchen die Kinder, um die größten Schäden in der Station zu beseitigen. Niemand wünscht mehr ein Privatwetter. Alle sind der Meinung, daß Frühling, Sommer, Herbst und Winter die idealste Lösung für alle Wetterwünsche sind.

Und Wilhelmine?

Opa Nelson kommt vorfristig zurück. Man hat ihn dringend rufen lassen. Er findet Wilhelmine in übler Verfassung in der Station. Auf einem Objektivauge sieht sie nichts mehr, einen Arm kann sie nicht mehr bewegen, und sie wirkt noch verwirrter als sonst.

„Alle Vögel sind schon da . . .“, singt sie gerade, als Nelson eintrifft.

„Na, erfolgreich gewesen?“ Nelson betrachtet die Schäden.

„Frühling läßt sein blaues Band . . .“, legt Wilhelmine mit dramatischer Stimme los.

„Laß den Unsinn“, sagt Nelson.

„Ich verstehe das nicht“, meint Wilhelmine nach einer Weile.

„Tja, meine Liebe, Phantasie ist gefragt. Ich hatte so eine Ahnung, was passieren würde. Ja, du kannst mehr Dinge auf einmal tun als ein Mensch. Aber was die Phantasie anbetrifft, da bleiben wir euch Robotern überlegen.“

„Pah, Phantasie, wenn ich das schon höre“, murrt Wilhelmine. „Frühling, Sommer, Herbst und Winter – wirklich, sehr originell.“

Sie ist wirklich alt geworden. Quietschend und klappernd verläßt sie den Raum. Eine Weile denkt sie nach, dann geht sie zum Schrottplatz, um sich verschrotten zu lassen.

Doch dort nimmt man sie nicht an, sie soll weiter Geschichten erzählen. Und so lebt Wilhelmine weiter auf dem Mars und wartet, daß ihr Ersatzteilproblem gelöst wird.

Wilhelmine und Robinson

Die Sondersitzung der obersten Weltraumfahrtbehörde findet am 27. September des Jahres 2363 statt.

Erster und einziger Tagesordnungspunkt: Wilhelmine, der alte Sicherheitsroboter, soll über die Ereignisse auf dem Planeten XI / 251 / 27 / 336 berichten. Und vor allem soll sie erzählen, weshalb Wotan Riemenschneider nicht zusammen mit ihr zurückgekehrt ist.

Das Rettungsraumschiff, das am Vortag auf dem Erdmond gelandet war, wurde von den Menschen aller Planeten sehnsüchtig erwartet. Zehn Jahre galten Wotan und Wilhelmine als im Weltraum verschollen. Und nun endlich hatte man sie gefunden.

Um so mehr erregte es Aufsehen, als nur Wilhelmine aus dem Raumschiff geklettert kam. Natürlich bestürmte man sie mit Fragen über den Verbleib von Wotan, doch Wilhelmine blieb stumm. Abgeschirmt von den Vertretern der obersten Weltraumfahrtbehörde, transportierte man sie in die Roboterverleihzentrale, wo man sie in aller Schnelle untersuchte und einige erste Reparaturen an ihr vornahm.

Heute nun soll sie ausführlich befragt werden.

Die Vertreter der obersten Weltraumfahrtbehörde haben an einem hufeisenförmigen Tisch Platz genommen. Da öffnet sich nochmals die Tür, und Wilhelmine betritt leicht humpelnd den Raum und stellt sich an das offene Ende des Tisches. Sie sieht noch immer mitgenommen aus, die Karosse ist an vielen Stellen verbeult, und die Arme kann sie offensichtlich nicht richtig bewegen.

„Wilhelmine, wo ist Wotan?“ fragt Zeus, der Chef der Behörde, nach der Begrüßung.

„Auf dem Planeten“, sagt Wilhelmine, „er wollte nicht mit.“

„Aber sag mir bitte, weshalb ist er nicht zurückgekehrt? Es muß doch einen wichtigen Grund geben, wenn man sich dafür entscheidet, völlig allein auf einem winzigen Planeten zu bleiben!" ruft Zeus erregt.

„Das ist eine lange Geschichte", sagt Wilhelmine. „Ich müßte von Anfang an berichten."

Zeus schaut fragend in die Runde. Man ist einverstanden. Da gibt er Wilhelmine ein Zeichen, mit ihrer Geschichte zu beginnen.

„Ja, das war so", beginnt Wilhelmine knarrend. Sie schlägt mit der Faust gegen ihren Mundlautsprecher, danach klingt ihre Stimme etwas angenehmer.

„Unser Start erfolgte – wie ja allgemein bekannt ist – am 13. März des Jahres 2348. Eigentlich sollte es nur ein kleiner Routineflug werden. Mit Wotan war ich bis zu diesem Zeitpunkt noch nie unterwegs gewesen. Ich muß sagen, er ging mir ganz schön auf die Halbleiter. Ein launischer Knabe, der ständig herumquengelte, sich von vorn bis hinten bedienen ließ und ständig die Computer und Halbautomaten ärgerte. Ansonsten verlief unser Flug zuerst normal. Doch dann, am 20. Flugtag, geschah es. Nicht weit von uns explodierte eine kleine Sonne. Die relativ geringe Entfernung bewirkte, daß die Steuerung unserer Rakete zerstört wurde. Anderthalb Wochen rasten wir mit unglaublicher Geschwindigkeit durch das Weltall, beschleunigt und gebremst von den Magnetfeldern riesiger Sterne. Wotan war in dieser Zeit zu nichts zu gebrauchen. Händeringend, wimmernd und greinend saß er in seinem Sessel. Dann, am elften Tag, merkte ich, daß sich unser Kurs stabilisierte. Das bedeutete, daß wir von einem Himmelsobjekt angezogen wurden und diesem nun entgegenstürzten. Ich suchte mit dem Fernrohr das Weltall ab, doch vergebens. Dann, endlich, entdeckte ich einen kleinen Planeten – auf ihn rasten wir zu.

‚Das ist unser Ende!' kreischte Wotan wild, als der Planet die ganze Fläche unseres Sichtfeldes einnahm. Doch plötzlich wurde das Raumschiff gebremst, und gleichzeitig stieg die Außentemperatur. Das bedeutete, daß der Planet eine At-

Ein launischer Knabe...

mosphäre haben mußte. Blitzschnell analysierte ich die Luft und stellte fest, daß sie sich kaum von der Erde unterscheidet. Da griff ich Wotan, und ehe er sich versah, hatte ich ihn in eine Rettungsboje gesteckt und von dem Raumschiff weggeschossen, denn ich war ja für seine Sicherheit verantwortlich. Für mich war es zu spät. Ich sah noch, daß Wotans Boje an einem Fallschirm der Oberfläche des Planeten entgegenschwebte, dann kann ich mich an nichts mehr erinnern, ich war noch an Bord, als das Raumschiff am Boden zerschellte."

Wilhelmine schweigt eine Weile.

„Und wie konntest du dich retten?" fragt eines der Mitglieder neugierig. Wilhelmine schnaubt nur verächtlich.

„Ich bin ein Universalroboter, und ich besitze einen Selbsterhaltungsmechanismus. Der schaltete sich nach dieser etwas zu harten Landung selbständig ein und bewirkte, daß sich mein Elektronengehirn zu reparieren begann. Zuerst konnte ich hören, dann sehen, dann denken und dann wieder laufen. Nicht sonderlich gut, aber es reichte aus. Nur die Arme konnte ich nicht mehr richtig bewegen. Selbstverständlich begann ich sofort, Wotan zu suchen."

„Wie sah es denn auf dem Planeten aus?" möchte Zeus wissen.

„Gemütlich", antwortet Wilhelmine. „Ein süßer kleiner Planet, auf den wir da gefallen waren. Grüne Wälder, über denen die Gipfel schneebedeckter Berge leuchteten. Ein blauer Himmel, der sich im klaren Wasser der Flüsse und Seen spiegelte. Fische, Vögel und anderes Getier schwamm, flog und hüpfte herum. Man hätte denken können, man wäre in einem Naturschutzpark auf der Erde. Und Wotan dachte das am Anfang auch ..."

„Wie hast du ihn gefunden?" fragt einer aus der Runde.

„Ich lief in die Richtung, in der ich Wotans Landestelle vermutete. Plötzlich hörte ich laute Rufe.

‚Aufsichtsroboter', ‚Schlamperei', ‚Ich werde mich bei der Parkleitung beschweren!'

Endlich entdeckte ich den Rufer. Es war Wotan. Er sah recht manierlich aus, nur etwas zerzaust.

‚Bring mich sofort aus dem blöden Naturschutzpark heraus', verlangte er von mir, als er meiner ansichtig wurde.

‚Hallo, Chef!' sagte ich. ‚Das dürfte etwas kompliziert sein.'

‚Weshalb?' wollte Wotan wissen.

Ich befand mich in einer schwierigen Situation. Dieser Spaßer wollte nicht begreifen, daß dieser Naturschutzpark keinen Anfang und kein Ende hat. Es sei denn, im Weltraum. Aber dieser Weg war uns ja durch die Zerstörung des Raumschiffes versperrt.

‚Chef', fragte ich deshalb ganz vorsichtig, ‚sind Sie vielleicht etwas hart auf den Kopf gefallen?'

Das hätte ich vielleicht nicht sagen sollen. Denn nun begann Wotan durchzudrehen. Langsam begriff er, daß er sich nicht auf der Erde befand. Ich ließ ihn toben und nutzte die Zeit, meine Bewegungsmaschinerie zu testen. Nach einer Weile beruhigte sich Wotan wieder.

‚Wo ist der Küchenroboter?' wollte er wissen.

‚Zerstört', sagte ich.

‚Und das Raumschiff?'

‚Total zertrümmert.'

‚Und wo bekomme ich nun Essen und Trinken her?'

Ich zeigte auf eine Quelle, die neben uns sprudelte, auf die Früchte an den Bäumen und auf die Tiere. Doch Wotan begriff nichts.

‚Haben Sie den Namen Robinson schon einmal gehört?' fragte ich ihn vorsichtig.

‚Welcher Robinson', fragte Wotan zerstreut. ‚Der aus der Computerzentrale Mars, mit Glatze und zwölf Kindern?'

‚Unsinn', rief ich. ‚Robinson war ein Mann, der sich vor langer Zeit in einer ähnlichen Lage wie Sie befand. Ein Segelschiff versank im Meer, und er allein landete auf einer einsamen Insel.'

‚Und weshalb ist er nicht mit dem Flugzeug zurückgeflogen?'

Wotan war ein hoffnungsloser Fall. Ich erzählte ihm alles, was ich von Robinson wußte, denn schließlich war ich ja auch als Unterhaltungsroboter ausgebildet worden und hatte eine Menge Bücher gelesen.

‚Na und?' fragte mich Wotan, nachdem ich meine Erzählung beendet hatte.

‚Himmel!' rief ich. ‚Sie sind so eine Art Robinson!'

‚Dann bist du also Freitag', sagte Wotan säuerlich. ‚Und wo ist dein Lendenschurz?'

Die Zeit, die dann folgte, war grauenhaft. Wotan war es bisher gewohnt gewesen, zahlreiche Roboter durchs Gelände zu jagen, um seine Bedürfnisse befriedigen zu lassen. Aber hier gab es außer mir keinen Roboter. Und ich konnte meine Arme kaum gebrauchen und wollte das auch nicht tun. Wotan mußte selbst lernen zu überleben. Er wußte aber auch nichts! Zum Beispiel das Essenproblem. Er kannte bisher nur Speisen, die von Küchenrobotern künstlich hergestellt werden. Nur langsam dämmerte es bei ihm, daß die Speisen auf diesem Planeten an den Bäumen hängen, im Wasser schwimmen, durch die Luft fliegen und über die Wiesen hoppeln. Der Hunger trieb ihn zu dem Versuch, ein Kaninchen roh zu verspeisen. Nachdem sein Magen wieder in Ordnung war, holten wir Feuer von der Aufschlagstelle des Raumschiffs, wo einige verkohlte Baumstämme herumlagen, die noch immer etwas glimmten.

Wir hatten Glück, daß wir auf solch einen herrlichen Planeten gefallen waren, denn sonst wäre Wotan verhungert. Am Anfang jammerte er noch ständig, verlangte die unsinnigsten Sachen. Er wollte die Weltnachrichten hören, fragte nach der Roboterverleihzentrale, brauchte unbedingt ein Bett mit künstlichem Einschlafeffekt. Wollte, daß wir die Klimazentrale des Planeten suchen, um die Gewitter abzustellen.

Aber dann, ganz allmählich, wurde aus ihm wieder ein richtiger Mensch. Er begann zu arbeiten – mit dem Kopf und mit den Händen. Er baute sich ein Haus, lernte Tiere zu halten und schaffte sich Felder. Und so vergingen die Jahre. Am Anfang hatte Wotan in den Nächten kaum geschlafen. Er schaute dann hinauf zu den Sternen und seufzte. Aber auch das legte sich, denn Arbeit macht die Menschen müde. Er wurde immer ausgeglichener, sprach immer seltener von einer möglichen Rettung. Nichts erinnerte mehr an den Wotan aus der Zeit, wo ich ihn kennengelernt hatte. Ich konnte ihn nun gut leiden.

Und dann ... Vor vier Wochen kam das Rettungsraumschiff. Wotan war so verblüfft, daß er erst mal gar nichts sagte. Die Besatzung des Raumschiffs nahm ihm das nicht übel. Sie dachten natürlich, daß Wotan, so allein auf dem Planeten, einen Schaden im Kopf erlitten hätte. Sie legten ihn auf ein herrliches Bett, und Wotan kreischte vor Angst, als er in der weichen Matratze versank. Voller Grauen betrachtete er die Roboter, das künstliche Licht und die engen Wände. Das Essen vertrug er nicht mehr.

Ja, und dann – kurz nach dem Start stellte man fest, daß Wotan verschwunden war. Es mußte ihm gelungen sein, auf den Planeten zurückzukehren. Natürlich landete man nochmals, um ihn zu suchen. Doch wir fanden ihn nicht. Er hatte sich versteckt. Doch ich bin mir sicher, daß es ihm gut geht."

Wilhelmine verstummt. Sie gibt auch keine Antwort, als ihr einige Fragen gestellt werden. Daraufhin schickt man sie zurück in die Roboterverleihzentrale, sie soll erst mal gründlich überholt werden.

Nach drei Tagen wird sie überraschend von Zeus besucht.

„Du verschweigst doch etwas", sagt er zu Wilhelmine.

„Ja", antwortet diese nach einer Weile. „Ich habe Wotan bei der Suche auf dem Planeten doch gefunden. Aber es ist sein Entschluß, dort zu bleiben. Ich soll Grüße von ihm bestellen. Und er läßt ausrichten, wenn es Menschen gäbe, die dem Wotan gleichen, der er war, bevor er auf den kleinen Planeten kam, so soll man sie zu ihm schicken. Nur für ein paar Wochen. Sie würden dann lernen, als wirkliche Menschen zu leben."

Nachdenklich verabschiedet sich Zeus. Wilhelmine bleibt allein zurück. Ein Geheimnis, das hat sie für sich behalten. Sie nämlich hat Wotan bei der Flucht aus dem Raumschiff geholfen. Denn immerhin war sie für sein Wohlergehen verantwortlich. Und deshalb mußte sie ihm helfen – ihrem Robinson.

Denn Wilhelmine ist ein wirklich kluger Roboter.

Wilhelmine und der Wahnsinn

Tobias Schieberbein salbt den Po seines Sohnes ein. Er tut dies hingebungsvoll. Seine Frau, Ulrike, schaut ihm zu. Sie liegt im Bett, um sich auszuruhen, das Baby ist erst fünf Tage alt.

Eigentlich wohnt Tobias' Familie auf dem Mond. Doch wenn Babys geboren werden, versuchen die Menschen es so einzurichten, daß es auf der Erde geschieht. Es sollen eben Erdenbürger werden.

„Er ist schon mindestens fünf Zentimeter gewachsen", verkündet Tobias gerade, stolz seinen Sohn betrachtend, als Emma hereinkommt, Emma, die Putzperle, ein Roboter für Haus, Hof und Garten.

„Telefon!" verkündet sie und wischt sich die Augenobjektive. Sie schneidet gerade Zwiebeln.

Tobias reicht seiner Frau das Baby, seufzt und geht ins Nachbarzimmer. Als er zurückkommt, sieht er verärgert und sorgenvoll zugleich aus.

„Ich muß auf den Mond", sagt er, „eine Sondersitzung der obersten Raumfahrtbehörde, und ich soll dabeisein. Seltsam! Ich möchte aber bei euch bleiben!"

„Das weiß ich", sagt Ulrike. „Flieg schon los. Es muß ja einen wichtigen Grund geben, wenn man dich gerade jetzt ruft."

Tobias küßt seinen Sohn auf die Stirn, dann umarmt er seine Frau. Emma bringt ihm schon den Pilotenanzug, und Minuten später befindet er sich bereits auf dem Weg zum Mond.

Alle haben sich eingefunden, die in der Weltraumforschung Rang und Namen haben. Das stellt Tobias fest, als er den großen Versammlungsraum der Weltraumfahrtbehörde betritt.

Zeus, der Chef, begrüßt ihn. Dann bittet er Professor Konzalew, einen Spezialisten für Roboterfragen, mit seinem Vortrag zu beginnen.

„Ja“, sagt der und kratzt sich am Kopf, „wir haben da ein kleines Problem. Einen Roboteraufstand im Sternbild der Ziege.“

Rufe der Verwunderung werden im Saal laut. Noch nie hat man von einem Roboteraufstand gehört.

Zeus bittet um Ruhe.

„Uns fiel auf“, sagt er, „daß im Sternbild der Ziege regelmäßig Raumschiffe verlorengingen. Unbemannte Erzfrachter, von Robotern gesteuert. Wir schickten daraufhin ein Erkundungsraumschiff los. Wir glaubten nämlich zuerst an einen Himmelsstrudel, der die Schiffe aus dem Kurs wirft. Aber nichts dergleichen war zu entdecken. Dafür fand man einige der vermißten Raumschiffe. Sie trieben im Weltraum, die Roboter hatten sie verlassen. Und dann fand man den Planeten Omega sechs, der bisher unbekannt war. Als sich unser Raumschiff ihm näherte, wurden die Roboter unruhig, und der Bordcomputer begann regelrecht zu spinnen. Die Mannschaft war geistesgegenwärtig genug. Sie warfen die Roboter über Bord und stellten das Raumschiff auf Handsteuerung um. So konnten sie sich retten.“

Zeus wartet, bis sich die neuerliche Unruhe im Saale gelegt hat, dann winkt er Nikolai, seinem Stellvertreter, den Vortrag zu ergänzen.

„Wir haben dann“, sagt Nikolai, „aus sicherer Entfernung Spione auf Omega sechs geschossen. Das sind, wie Sie wissen, einfache Mikrofone und Kameras, verbunden mit einem Sender, eingebettet in nichtzerstörbares Material. Die Dinger sind so groß wie Fußbälle. Und sie funken nun seit ein paar Wochen, so daß wir alles wissen, was auf dem Planeten geschieht. Bitte, Professor Konzalew, fahren Sie fort, das nun ist Ihr Gebiet.“

Professor Konzalew wirkt sehr verlegen.

„Meine Damen und Herren“, sagt er, „was ich Ihnen jetzt erzähle, ist unglaublich, aber leider wahr. Wir haben es mit der bei Robotern noch nie beobachteten Erscheinung des Ringschlußwahnsinns zu tun. Das heißt: Sie sind über Funk kurzgeschlossen und haben dadurch ein eigenes Selbstbewußtsein erlangt. Sie haben eine Art Staat gegründet, der sich vorgenommen hat, die Menschheit zu bekämpfen. Die Menschen nennen sie übrigens, ich bitte um Verzeihung, ‚Stinkdrüsler', sich selbst die ‚Gleichgeschalteten'. Sie haben sogar ein Oberhaupt. Es nennt sich ‚Robert der Edelmetaller'!"

Wieder ist die Unruhe im Saal so stark, daß Zeus unterbrechen muß.

„Und das sollen tatsächlich unsere harmlosen, kleinen Roboter sein?" ruft ein afrikanischer Professor. „Unsere Putzperlen, Küchenroboter und so weiter . . .?"

„Im Prinzip ja", antwortet Professor Konzalew. „Aber harmlos sind sie nicht. Jeder Roboter, der in ihre Nähe kommt, wird gleichgeschaltet. Wir haben es also nicht mehr mit einzelnen Robotern zu tun, es ist, wenn man so will, eine verselbständigte Riesenrobotermaschine."

„Und was treiben sie so den ganzen Tag?" fragt Tobias.

„Zum Beispiel marschieren", erzählt Professor Konzalew, wie es scheint, selbst verwundert. „Und sie werden immer verrückter. Jetzt üben sie Kampfgesänge und teilen sich in Klassen auf. Es gibt Obergleiche, Untergleiche, obere Untergleiche, gleichere untere Untergleiche . . ."

„Genug", sagt Zeus. „Wichtig ist, sie gefährden Menschen. Wir wissen nicht, was passiert, wenn ihnen ein Mensch in die Hände gerät."

„Eine Bombe", ruft ein Professor, „und der Spuk ist zu Ende."

Die meisten der Delegierten wissen gar nicht, was das ist: eine Bombe. Man muß es ihnen erst erklären.

„Nein", sagt Professor Konzalew. „Wir müssen erfahren, was dort geschah. Irgendwie muß doch der Spuk seinen Anfang genommen haben. So etwas darf sich nicht wiederholen."

Tobias beginnt zu ahnen, daß er nun gleich in den Mittelpunkt des allgemeinen Interesses rücken wird, denn Nikolai schaut ihn nachdenklich an.

„Bitte Ruhe im Saal!" ruft Zeus. „Wir haben lange überlegt,

was zu tun ist. Nun ist uns der Zufall zu Hilfe gekommen. Vor ein paar Tagen ist wieder ein Raumschiff gekapert worden. An Bord befand sich, neben den üblichen Robotern, Wilhelmine, Sicherheitsroboter der Leistungsstufe Eins. Wir hoffen, daß Wilhelmine nicht ‚gleichgeschaltet' ist."

„Und woher nehmen Sie diese Hoffnung?" fragt der afrikanische Professor.

„Das hängt mit der Geschichte des Roboterbaus zusammen", antwortet Professor Konzalew an Stelle von Zeus. „Wilhelmine gehört der alten Universalrobotergeneration an, die alles kann, also universell einsetzbar ist. Davon gibt es nur noch wenige Exemplare. Man ging bei ihnen so weit, daß sie sogar menschliche Gefühle, sofern sie nicht zu kompliziert sind, verstehen und manchmal selbst gefühlsmäßig handeln."

„Weshalb wurden sie später nicht weitergebaut?" fragt einer.

Professor Konzalew wird ein bißchen rot. „Man war der Meinung, sie seien inzwischen dem Menschen zu ähnlich. Und damals hatte die Menschheit nur zu gut in Erinnerung, zu welchen schlimmen Dingen Menschen in der Lage sind. Also entschloß man sich, in Zukunft nur noch hochspezialisierte, aber, wenn man so will, dümmere Roboter zu bauen."

„Und das ist die Folge!" ruft der afrikanische Professor.

„Ja und nein", sagt Professor Konzalew trübsinnig. „Wir haben den Verdacht, daß ‚Robert der Edelmetaller' einer der alten Sicherheitsroboter ist. Vor Jahren ging ein Raumschiff in dieser Gegend verloren. An Bord befanden sich Professor Erdmonder und ein Universalroboter, der Robert hieß. Sie gelten seitdem als vermißt."

Eine Weile ist Stille im Saal.

Dann spricht wieder Zeus.

„Sie werden nun sicher fragen, weshalb wir annehmen, daß Wilhelmine nicht durchdreht, sich nicht ‚gleichschaltet'. Nennen Sie es ‚Vertrauen'. Wir haben einfach Vertrauen zu dem Roboter und haben heute denjenigen zu uns eingeladen, der

Nieder mit den Stinkdrüslern!

bisher am meisten mit Wilhelmine zusammengearbeitet hat. Tobias Schieberbein kennt Wilhelmine, seit er ein Kind ist. Tobias, wärest du bereit, als Roboter getarnt zu Omega sechs zu fliegen?"

„Ja, ich bin bereit", antwortet Tobias nach kurzem Überlegen.

Die nächsten Stunden sind für Tobias wie ein Alptraum. In einem Museum hat man eine Laserpistole aufgetrieben, und Tobias muß in einer einsamen Mondschlucht schießen üben. Dann wird ihm ein Raumanzug angepaßt, der dem Gehäuse eines Roboters zum Verwechseln gleicht. Als man damit fertig ist, wird er in eines der superschnellen neuen Raumschiffe gesteckt, und schon eine Woche später landet er auf Omega sechs.

Er hat sich eine einsame Waldwiese ausgesucht. Nun muß er möglichst schnell Wilhelmine finden. Keine so einfache Aufgabe. Mühsam durchquert er den Wald, behindert von dem schweren Anzug. Zu funken wagt er sich nicht, die Gefahr der Entdeckung wäre zu groß. Wo sich die Roboter aufhalten, das hat er vom Raumschiff aus gesehen. Ihre Zahl schätzt er auf etwa zweitausend. Sie scheinen ein Mittel gefunden zu haben, sich zu vermehren.

Nach zwei Stunden hat Tobias sein Ziel erreicht, eine weite Ebene, in der die Roboter in Reih und Glied stehen. Ganz kleine sind dabei, aber auch Riesen, die normalerweise zum Erzbrechen eingesetzt werden.

Eben rufen die Roboter: „Nieder mit den Stinkdrüslern!" und stürmen los. Die Gelegenheit ist günstig, Tobias verläßt den Wald und rennt einfach mit.

„Rumpeldipumpel!" wird er von einem neben ihm rennenden Küchenroboter begrüßt, in dem die Tassen und Teller nur so scheppern.

„Bist du ein Obergleichler oder ein Untergleichler?"

„Ein Obergleichler", antwortet Tobias und hofft, daß er damit Glück hat.

„Dann bist du hier falsch“, ruft der Küchenroboter. „Die Obergleichler sind wertvoller als die Untergleichler, sie sind beim Angriff immer weit hinten.“

Tobias ist das nur lieb. Er ist schon ganz außer Atem. Er bleibt stehen, läßt die Masse der Roboter an sich vorbeirennen und . . ., als allerletzte kommt im gemütlichen Schlendergang – Wilhelmine.

Auf einmal hat Tobias Angst. Auf dem Mond klang das so gut: Vertrauen . . . Aber hier?

Doch dann erinnert er sich plötzlich wieder an alles, was er mit diesem Roboter erlebt hat, und er ruft: „Wilhelmine!“

Der Roboter bleibt stehen und mustert eine Weile den verkleideten Tobias.

„Die Stimme kenne ich doch“, sagt Wilhelmine nach einigen Sekunden, die Tobias unendlich erscheinen. „Tobias Schieberbein, bist du es?“

„Ja“, sagt Tobias.

„Dann gib mir einen Befehl“, sagt der Roboter leise. „Ich brauche einen Befehl!“

„Komm mit in den Wald!“

Wilhelmine kann sich nur schwer konzentrieren. Nach einer Stunde jedoch hat Tobias den Eindruck, daß sie wieder so reagiert, wie er sie kennt.

„Was ist hier eigentlich los?“ fragt er den Roboter endlich.

„Wenn ich das wüßte“, erwidert Wilhelmine. „Etwas verwirrt mich. Dieses ES versucht mir seinen Willen aufzuzwingen. Gut, daß du gekommen bist. Nicht mehr lange, und auch ich wäre wie eine Putzperle über die Wiese gestolpert. Weißt du eigentlich, daß du in höchster Gefahr schwebst? Ich wüßte auch nur zu gern, was mit diesen wildgewordenen Blechkanistern passiert ist.“

„Der Ringschlußwahnsinn“, versucht Tobias zu erklären. „Alle Robotergehirne sind gleichgeschaltet.“

„Das erklärt alles", brummt Wilhelmine. „Deshalb konnte ich mich kaum unter Kontrolle halten."

„Kennst du einen Roboter, der ‚Robert der Metaller' heißt?"

„Gehört habe ich von ihm. Er scheint der Chef zu sein."

„Wo hält er sich auf."

Wilhelmine überlegt eine Weile.

„In dem Berg dort muß er sein. Höhlen und Stollen gibt es da. Sie bauen auch neue Roboter, wußtest du das? Und Raketen, um die Erde anzugreifen."

„Wir müssen in den Berg", sagt Tobias entschlossen.

Als die Nacht kommt, im Schutze der Dunkelheit, ziehen sie los. Seltsamerweise ruhen die Roboter, sie haben sich also auch einen Tag-und-Nacht-Rhythmus angewöhnt.

Vorsichtig nähern sie sich dem Berg. An den ersten Wachen kommen sie mit einer Parole vorbei, die Wilhelmine glücklicherweise kennt. Die nächsten Wachen erledigt Wilhelmine, indem sie ihnen einfach die Atombatterie abschaltet. Dann steht ihnen nichts mehr im Wege, ins Zentrum vorzudringen.

Sie laufen einen langen Stollen entlang, an dessen Ende Licht schimmert. Als sie näher kommen, sehen sie, daß es eine Tür ist. Vorsichtig, ganz vorsichtig öffnen sie sie . . .

„Robert der Edelmetaller!" flüstert Tobias nach einer Weile. „Also doch . . ."

Vor einem riesigen Kommandopult steht ein Roboter, der Wilhelmine zum Verwechseln ähnlich sieht.

„Wir dürfen kein Risiko eingehen", flüstert Wilhelmine. „Los, Chef, erledige ihn, bevor er uns bemerkt und seine Heerscharen informiert!"

Tobias hebt zögernd die Laserpistole. Der Roboter sieht Wilhelmine so ähnlich . . . Doch dann schießt er, und Robert der Edelmetaller zerfällt in zwei Hälften.

Dann betreten sie die Zentrale.

Staunend betrachtet Tobias die Schalttafeln. „Kannst du damit umgehen?“ fragt er. Wilhelmines Gehirn arbeitet wieder präzise. Sie betrachtet alles, dann schaltet sie an einigen Knöpfen.

„So“, sagt sie befriedigt. „Der Ring des Wahnsinns ist abgestellt. Damit ist alles erledigt.“

„Nichts ist erledigt!“ ertönt da plötzlich eine Stimme. Tobias dreht sich erschrocken um. Hinter ihnen steht ein alter Mann und hält eine Laserpistole auf ihn gerichtet.

„Sie übergebe ich den Robotern, damit sie etwas zum Üben haben, und Ihr Roboter wird Roberts Platz einnehmen.“

Tobias hat auch eine Laserpistole. Doch sein Arm ist wie gelähmt. Auf einen Menschen schießen, das kann er nicht.

Doch Wilhelmine ist ein Sicherheitsroboter, wenn auch ein alter. Mit einem gewaltigen Stoß bringt sie Tobias aus dem Schußfeld und schlägt im nächsten Moment dem alten Mann die Waffe aus der Hand.

„Wer sind Sie?“ fragt Tobias den Mann, als er gefesselt im Raumschiff sitzt.

„Ich bin Professor Erdmonde.“

„Du kennst ja Wilhelmine!“ sagt Tobias eine Woche später zu Ulrike. „Sie hat Professor Konzalew völlig fertiggemacht. Nicht Robert war es gewesen, der das Böse erzeugte, sondern ein Mensch, Professor Erdmonde.“

„Aber warum nur?“ fragt Ulrike.

„Eine besondere Form von Raum-und-Zeit-Koller. Als er losflog, schied er nicht in Liebe, sondern in Haß von einem Menschen, der ihm nahestand. Durch die mächtige Geschwindigkeit und die gewaltige Entfernung vervielfältigte sich der Haß und bezog sich nun auf die ganze Menschheit. Und es gelang ihm, Robert dazu zu bringen, so zu denken wie er.“

„Und wo ist Wilhelmine jetzt? Ich möchte sie kennenlernen.“

„Da bin ich“, ruft Wilhelmine und kommt hereingepoltert.

„Wo sind die Windeln? Ihr Mann hat mich als Kindermädchen eingestellt.“

„Würdest du ihr unseren Sohn anvertrauen?“ fragt Tobias seine Frau.

Ulrike lächelt. „Aber selbstverständlich.“

Wilhelmine beginnt damit, den Säugling vorsichtig zu wikkeln. Sie hat sich dazu extra ganz weiche Handschuhe übergezogen.

„Weißt du, was mir aufgefallen ist?“ sagt Tobias zu Ulrike, während sie Wilhelmine beobachten, die inzwischen ein Schlaflied singt. „Professor Erdmonde wurde nicht auf der Erde geboren. Im Gegensatz zu uns und unserem Sohn. Und daß wir hier das Licht der Welt erblickten, beruhigt mich doch sehr.“

Wilhelmine und Klaus-Dieter

Es geschah in der Zeit, als Klaus-Dieter, Abgesandter des Würfelplaneten aus dem Sternbild der Posthornschnecke, in geheimer Mission die Erde besuchte.

Man hatte ihn geschickt, um endlich mehr über diesen seltsamen Planeten, den die Menschen Erde nennen, zu erfahren.

Klaus-Dieter kam, betrachtete alles, belauschte Gespräche, sammelte Pflanzen und Steine und begriff – nichts.

Dazu muß man erwähnen, daß die Würfler ein seltsames Völkchen sind. Hochintelligent, den Menschen technisch überlegen ... Aber wenn sie sich in ein Raumschiff setzen müssen, werden sie seekrank. Nur nicht Klaus-Dieter. Vielleicht war es so, daß sein Mangel an Klugheit ihn vor Seekrankheit, besser gesagt, Weltraumkrankheit, schützte. Aber das ist nicht bewiesen.

Folge jedoch war, daß man nur Klaus-Dieter für Forschungen im Weltraum verwenden konnte. Keiner der Würfler war glücklich darüber, doch eine andere Möglichkeit besaßen sie nicht.

Nach vier Wochen Erdaufenthalt merkte dann endlich auch Klaus-Dieter, daß seine bisherigen Ergebnisse recht dürftig waren. Er entschloß sich deshalb zu einem gewagten Unterfangen, nämlich, zwei Menschen zu entführen, ein Männchen und ein Weibchen, sie mit zurück auf den Würfelplaneten zu nehmen, sollten doch die superschlauen Wissenschaftler dort mit ihnen fertig werden!

Eines hatte Klaus-Dieter immerhin begriffen: Es gab kleine und große Menschen, die großen waren ihm zu groß, also entschloß er sich, kleine zu entführen.

Seine Wahl fiel auf Jan und Nicola. Und weshalb? Sie waren allein zu Hause. Ihre Eltern waren, wie so oft, in den kosmischen Superschuppen Lunik III gegangen, um zu tanzen. Gerade an diesem Abend aber fühlten sich Jan und Nicola sehr allein gelassen. Doch da kam Klaus-Dieter.

„Hallo!" rief er fröhlich.

Plötzlich stand er im Raum, er trug ein langes, faltenreiches Gewand, und seinen Rüssel hatte er elegant um den Hals gewikkelt.

„Hallo!“ rief er fröhlich, und sein Übersetzungsautomat übersetzte: „Ich bin Klaus-Dieter und komme vom Wüfelplaneten. Daß ich hier bin, dürft ihr keinem verraten. Ich habe euch auserwählt, mit mir zum Planeten Würfel zu fliegen. Ihr sollt den Wissenschaftlern dort Auskunft über die Erde geben.“

„Weshalb gerade wir“, rief Nicola nach dem ersten Schreck.

„Diese Entscheidung müßt ihr schon mir überlassen“, sprach Klaus-Dieter würdevoll, „oder habt ihr etwa keine Zeit?“

„Wie lange wären wir denn unterwegs?“ wollte Jan wissen.

„Unendlich lange, aber nach irdischem Maß nur etwa zwei Stunden.“

„Bevor unsere Eltern aus der Disko zurück sind“, flüsterte Nicola ihrem Bruder zu, „wären wir wieder hier!“

„Na und?“ flüsterte Jan zurück. „Selbst wenn wir uns verspäten – sollen sie doch ruhig einen Schreck bekommen, wenn wir verschwunden sind. Wir begleiten dich!“ sagte er entschlossen zu Klaus-Dieter, der, sehr stolz auf sich, die Kinder zu einer Art fliegenden Untertasse begleitete, ihnen beim Einsteigen half ... Und Minuten später kreisten sie schon über dem Würfelplaneten.

Dort schien es recht ungemütlich zu sein. Überall Nebel, Vulkane ... Jan und Nicola bereuten es beinahe schon, sich auf dieses Abenteuer eingelassen zu haben.

„Und hier lebt ihr?“ fragte Jan ungläubig.

„Unterirdisch, mehr unterirdisch! Paßt mal auf ...“ Klaus-Dieter verlangsamte den Flug der Untertasse, ließ sie absinken, sie flogen auf ein Schlammloch zu, und „spotz!!!“, schon tauchten sie unter, und kurze Zeit später konnten sie die Untertasse verlassen. Unter dem Schlamm verbarg sich ein gewaltiges Gangsystem, selbst große Städte gab es dort.

„Kommt!“ rief Klaus-Dieter. „Ich bringe euch zu Wahnwurz, unserem Chefwissenschaftler – der wird Augen machen!“

Als Wahnwurz die Kinder erblickte, wurde er fast ohnmächtig.

„Klaus-Dieter, du bist die größte Pfeife im Sternbild der Posthornschnecke“, rief er. „Nun gut, unser Wissen über die Erde ist bisher recht oberflächlich. Aber daß das hier Jungmenschen sind, gerade erst aus dem Ei gekrochen, das sieht doch der vertrotteltste Saurier ohne Brille. Bringe diese Menschlein sofort dorthin zurück, wo du sie gefunden hast. So etwas Verrücktes! Womöglich werden sie von ihren Eltern nicht mehr angenommen, weil sie nun anders riechen. Übrigens, Klaus-Dieter, wasch dich mal wieder.“

„Moment mal!“ rief Nicola empört. „Kinder sind auch Menschen. Und wir wissen eine Menge. Zum Beispiel schlüpfen Menschenkinder nicht aus Eiern, und wie wir riechen, das ist völlig egal. Unsere Eltern erkennen uns auch so.“

Wahnwurz betrachtete erstaunt das Mädchen. Dann fragte er: „Wo waren eigentlich eure Eltern, als euch diese Pfei . . . äh, Klaus-Dieter entführt hat.“

„Tanzen!“ sagte Jan.

„Wie bitte? Was ist denn das?“

„Nun ja“, versuchte Nicola zu erklären, „also, da ertönt Musik. Manchmal schneller, manchmal langsamer, und danach bewegt man sich.“

„Und?“ fragte nach einer Weile Wahnwurz, da das Mädchen nicht weitersprach. „Was hat das für einen Sinn?“

„Sie stampfen Sauerkraut“, vermutete Klaus-Dieter, der im Weltall einmal ein Kochbuch gefunden hatte. Eine zornige Großküchenköchin aus dem zwanzigsten Jahrhundert hatte es dorthin geworfen.

„Vermutlich wird über ein raffiniertes System Energie erzeugt. Eine Art Kraftwerk zur Stromerzeugung muß das sein“, sprach Wahnwurz nachdenklich, er ist wirklich sehr gebildet.

„Alles Unsinn!“ rief Jan. „Sie amüsieren sich einfach. Männer und Frauen tanzen miteinander, man lernt sich dabei kennen, heiratet und bekommt Kinder ...“

„Jetzt habe ich begriffen!“ rief Wahnwurz. „Bei Tieren nennt man das Balzverhalten. Zum Beispiel kräht der Hahn so lange auf dem Mist, bis die Henne aus lauter Bewunderung Eier legt.“

„So ungefähr“, bestätigte Jan.

„Ich verstehe nur eins nicht“, sagte Klaus-Dieter und legte den Rüssel in Falten. „Eure Mutter hat doch schon Eier, Verzeihung, Kinder gelegt. Wieso müssen eure Eltern noch tanzen gehen? Und das fast jeden Tag?“

„Klaus-Dieter, halt den Mund!“ rief Wahnwurz. „Um mit fremden Zivilisationen Kontakt aufzunehmen, bist du zu dumm. Um sie zu begreifen, zu einfach strukturiert. Ich ernenne dich hiermit strafversetzt zum Feger. In Zukunft wirst du nur noch Vulkane fegen. Habt ihr trotzdem verstanden, was er meint?“ fragte er dann, sich wieder den Kindern zuwendend.

„Ja“, sagte Jan etwas traurig. „Wißt ihr, sie sind noch jung, sie wollen ihren Spaß haben. Deshalb gehen sie weg ...“

„Das klingt aber nicht gerade begeistert“, sagte Wahnwurz leise.

„Manchmal haben wir Angst“, flüsterte Nicola, „wir fühlen uns dann so allein gelassen.“

Eine Weile blieb es still.

„Die Menschen scheinen ja etwas ganz Tolles zu sein!“ rief Klaus-Dieter plötzlich empört. „Nun siehst du es, Chef, wir können von den Kindern doch eine ganze Menge erfahren!“

„Erfahren, ja. Aber begreifen kann ich nichts“, brummte Wahnwurz. „Kommt, wir gehen zum Simulator ...“

„Was ist denn das?“ fragte Nicola.

„Ihr werdet schon sehen.“

Kurze Zeit später standen sie vor etwas, das wie eine Käseglocke aussah. Sie betraten sie.

„Stellt euch eure Wohnung vor“, forderte Wahnwurz die Kinder auf. Und siehe da, plötzlich standen sie in ihrer irdischen

Wohnung. Zumindest hätte man es denken können. Ein paar Korrekturen waren noch notwendig. Jan, zum Beispiel, wußte plötzlich nicht mehr, ob die Sessel braun oder blau sind, und Nicola konnte sich nicht mehr an die Zahl der Bilder erinnern. Aber dann schien alles zu stimmen.

„So!" sprach Wahnwurz. „Ihr denkt, alles käme nur dadurch, daß eure Eltern so jung sind und sich deshalb amüsieren müßten. Dann also stellt euch mal eure Eltern vor und wie es wäre, wenn sie alt sind."

Die Kinder konzentrierten sich heftig. Und auf einmal saß in einem der Sessel ein Mann mit einem Bierbauch, trank galaktisches Spitzenbier, Marke Jupiter, und las Zeitung. Manchmal schielte er zum Fernsehschirm. Das Spitzenspiel der Marsoberliga wurde übertragen. In der Küche rumorte es.

„So", flüsterte Wahnwurz. „Nun geht zu diesen Erscheinungen und tut so, als wären es wirklich eure Eltern."

Die Kinder schlichen auf Zehenspitzen zu den Sesseln und setzten sich.

„Vati!" rief die Mutter aus der Küche. „Kannst du nicht mal dem Abwaschroboter eine neue Atombatterie einsetzen? Der Kerl schläft noch ein!"

„Nein", antwortete der Vater. „Ich habe Hexenschuß."

Die Mutter kam aus der Küche. Sie hatte eine Kittelschürze an und trug Lockenwickler im Haar.

„Vati, was meinst du. Wollen wir nicht mal wieder ausgehen? Wir zwei so ganz allein, ich und du im Mondenschein . . ."

„Nein", sagte Vati, „denn erstens ist es bewölkt, und man sieht den Mond gar nicht. Und zweitens wird heute ein Film gesendet, den ich erst dreimal gesehen habe."

„Ich habe es ja auch gar nicht ernst gemeint", rief die Mutter. „Du Bier vertilgendes Ungeheuer, du!"

„Schluß", unterbrach da Jan, „Schluß! Mit dem Alter kann es nichts zu tun haben!"

„Wie ihr wollt", beruhigte ihn Wahnwurz. Und schon war die

Wohnung wieder leer, die Eltern verschwunden. „Nun probiert, wie ihr sie möchtet. Nicola, du bist als erste dran."

Nicola saß da und dachte scharf nach. Und plötzlich sah man die Eltern, sie waren nun wieder ganz jung.

„Hallo, Kinder!" rief der Vater. „Mutti und ich freuen uns ganz schrecklich, daß wir euch haben. Ohne euch wüßten wir gar nicht, was wir den ganzen lieben langen Tag anfangen sollten. Wollen wir Versteck spielen? Oder ein paar Möbel aus dem Fenster werfen?"

„Oder möchtet ihr in unseren Betten schlafen? Darf ich euch vorher noch Eis mit Himbeersoße bringen? Habt ihr sonst noch einen Wunsch?" fragte die Mutter.

„Nein!" rief Jan. „So nicht, Nicola, du spinnst wohl. Wenn unsere Eltern so wären, würden sie mir bald auf die Nerven gehen. Außerdem wäre es auf die Dauer langweilig. Komm, wir versuchen es nochmals gemeinsam."

Und wieder waren die Eltern zu sehen.

Der Vater fragte: „Wollen wir gemeinsam etwas unternehmen?"

„Nicht schlecht, diese Idee", antwortete ihm Jan. „Aber wollt ihr vielleicht nicht einmal allein sein? Geht doch mal tanzen!"

„Ihr wollt uns wohl loswerden!" rief die Mutter und kicherte.

„Nein", sagte Nicola, „jeder soll zu seinem Recht kommen. Wißt ihr was? Erst spielen wir zusammen ein Stündchen lang, und dann geht ihr alleine weg."

„Einverstanden!" rief der Vater.

„So stellen wir uns ideale Eltern vor", erklärte Jan dem rüsseligen Wissenschaftler, nachdem Eltern und Wohnung sich wieder im Nichts aufgelöst hatten.

„Das war ja wie in einem richtig schönen Kinderbuch", rief Klaus-Dieter. Er hatte nämlich auch einmal ein Kinderbuch im Weltraum gefunden. Ein Kind hatte es mit den Worten: „Das ist ja wie im Fernsehen!" dorthin geschleudert.

„Ich sehe schon", sagte Wahnwurz nach einer Weile des Überlegens, „etwas über die Menschen zu erfahren ist relativ schwierig. Und ihr beiden müßt selbst erst einmal wissen, was ihr wollt. Ich lasse euch jetzt zur Erde zurückbringen. Mein Vorschlag: Richtet sie euch so ein, wie ihr sie braucht. Fangt dabei am besten bei euren Eltern an. Klaus-Dieter, das ist deine letzte Chance! Bringe die Kinder zurück und hilf ihnen in den ersten Stunden. Nimm Gedankenpfeile mit, schieß sie in die Köpfe der Eltern . . .“

Minuten später lagen Jan und Nicola wieder in ihren Betten.

Klaus-Dieter flog weiter. Er fand die Eltern im kosmischen Superdiskoschuppen Lunik III. Der Vater befand sich in schlechter Laune. Ein junges Mädchen hatte es abgelehnt, mit ihm zu tanzen. Die Eltern hatten schon zwei Flaschen Wein „Saturn-Sonnenhügel“ getrunken und waren trotzdem nicht lustiger geworden.

„Warum rennen wir eigentlich immer hierher?“ fragte die Mutter gerade.

„Weil wir es immer getan haben“, antwortete der Vater.

Da schlich sich, selbstverständlich unsichtbar, Klaus-Dieter heran und schoß Gedankenpfeile.

„Und währenddessen sind die Kinder allein“, sagte die Mutter plötzlich.

„Ja“, brummte der Vater nachdenklich. „Ich habe auf einmal Sehnsucht nach ihnen. Komm, wir gehen.“

Zu Hause angelangt, schlichen sie sich vorsichtig ins Kinderzimmer, küßten Nicola und Jan und deckten sie sorgfältig zu. Aber die beiden schliefen gar nicht, sie taten nur so. Sie waren neugierig. Was hatte wohl Wahnwurz mit den Gedankenpfeilen gemeint? Sie pirschten sich hinter den Eltern her und lauschten an der Tür des Schlafzimmers.

Eben sagte die Mutter: „Du Gockel, du, eigentlich könntest du dich mal wieder auf den Misthaufen stellen und krähen . . .“

„Willst du etwa noch ein Ei legen?“ fragte der Vater. Und dann ganz laut: „Kikeriki!“

Und während sich die Kinder vor Lachen auf dem Boden kugelten, rief Wahnwurz auf dem fernen Würfelplaneten wütend ins Funkgerät: „Klaus-Dieter, Menschen sind keine Hühner! Komm sofort zurück. Die Vulkane warten auf dich . . .!“

Und ihr werdet mich nun fragen, was diese Geschichte eigentlich mit Wilhelmine zu tun hat. Fast nichts. Ein Jahr nach diesen Ereignissen bekamen Nicola und Jan ein kleines Brüderchen. Die Familie ging in die Roboterverleihzentrale, sie suchten einen Babysitter. Und so kam Wilhelmine in diesen Haushalt.

Eines Tages nun haben die Kinder Wilhelmine diese Geschichte erzählt. Zu niemand anderem hatten sie Vertrauen, kein Mensch hätte ihnen ihr Abenteuer geglaubt.

Nicht so Wilhelmine mit ihrer langen Lebenserfahrung. Sie glaubte ihnen alles, und die Kinder waren erleichtert. Der Roboter hatte ihnen eine Erinnerungslast abgenommen, für die sie noch zu schwach waren. Und bei der starken Wilhelmine war diese Last gut aufgehoben.

Deshalb heißt die Geschichte auch: Wilhelmine und Klaus-Dieter.

Wilhelmine als Detektiv

„Schon zwei Jahre war ich auf dem blauen Planeten und mußte nun allmählich annehmen, daß man mich auf der Erde vergessen hat. Die Xeniten brauchten nicht mehr unbedingt meine Hilfe, und ich langweilte mich meistens. Wie es dazu kam, daß man mich zum blauen Planeten schickte, um die dort lebenden Xeniten vor dem drohenden Untergang zu retten, habe ich euch ja bereits erzählt."

„Ja", sagt Franziska, „das hast du uns erzählt. Herr und Frau Schieberbein hatten dich mitgenommen, damit du auf ihre Kinder, Tobias und Sabine, aufpaßt ..."

Wilhelmine zuckt mit keiner Wimper. Dies wäre auch nicht möglich, da Wilhelmine ein alter Roboter mit Objektivaugen ist. Seit dem Jahr 2441 lebt sie nun schon in der Kinderkolonie Mars VII auf dem Mars. In der „Stunde der Mondkälber" erzählt sie die Abenteuer, die sie in den drei Jahrhunderten ihrer bisherigen Existenz erlebt hat.

„Ich möchte doch dringend davon abraten, mich zu unterbrechen", knurrt Wilhelmine drohend. „Ich bin alt. Und wenn ich einmal den Faden einer Geschichte verloren habe, finde ich ihn nie wieder. Also: Fast mußte ich annehmen, man hätte mich völlig vergessen. Aber ich täuschte mich. Die Menschheit wußte genau, daß sich auf dem blauen Planeten ein in vielen kosmischen Kämpfen gereifter Roboter befindet, in Erwartung neuer Befehle. Bereit, den Menschen im Falle einer Bedrohung schnellstens Hilfe zu bringen."

Wilhelmine schnüffelt leise. Die Kinder halten den Atem an. Aus Erfahrung wissen sie, nun besteht wirklich Gefahr, daß Wilhelmine den Rest der Geschichte vergißt. Sie ist traurig. Mehrere Bereiche ihres Elektronengehirns sind gestört oder gar ausgefallen. Für den alten Roboter gibt es keine Ersatzteile mehr.

„Doch eines Tages", fährt Wilhelmine stockend fort, „wurde ich in die Funkzentrale des blauen Planeten gerufen. Von der

Erde übermittelte man mir eine dringende Botschaft. Ich solle mich bereithalten, dem Raumschiff ‚Flotter Otto' zu Hilfe zu eilen. Es würde mit kosmischer Geschwindigkeit – ohne Steuerung – durchs Weltall fliegen. Dringende Funkrufe vom Erdmond, dem Sitz der obersten Weltraumfahrtbehörde, beantwortet es nicht. Ich sei für die Besatzung des ‚Flotten Otto' die letzte Chance. Keine irdische Hilfe könne das Raumschiff mehr einholen. Doch bevor es endgültig in den unendlichen Weiten des Weltalls verschwindet, käme es in die Nähe des blauen Planeten. Und dort war ich, Wilhelmine, Universal- und Sicherheitsroboter der Leistungsklasse A!"

Wilhelmines Objektivaugen scheinen zu funkeln. Die „Mondkälber" sind erleichtert. Jetzt würde selbst eine kosmische Katastrophe mittleren Umfangs sie nicht mehr davon abhalten können, die Geschichte zu Ende zu erzählen.

„Sofort begann ich mich auf den Start vorzubereiten. Die Xeniten wollten mich gar nicht fliegen lassen. Es wurde ein tränenreicher Abschied. Ein Landegerät vom Raumschiff ‚Wilde Hilde' hatte man für mich auf dem blauen Planeten zurückgelassen. Mit ihm flog ich in die von der obersten Weltraumfahrtbehörde vorausberechnete Position, warf den kosmischen Anker und wartete auf den ‚Flotten Otto'.

Bereits drei Stunden schwebte ich in der Unendlichkeit, als plötzlich ein seltsames Gebilde auf mich zugerast kam, ... schwer zu beschreiben, doch vielleicht so: ein Komet mit Schluckauf und Schweif, wenn ihr versteht, was ich meine. Er überschlug sich ständig. Der Schweif verknotete sich scheinbar und entwirrte sich wieder. Das Ganze sah aus wie ein betrunkener Feuerwerkskörper – nur viel größer. Ich muß gestehen, daß mich der Anblick sehr verblüffte. Sicherheitshalber flog ich dreihundert Kilometer nach links, um von dem seltsamen Gebilde nicht erfaßt zu werden. Als der Kopf des Kometen nahe genug war, erkannte ich in ihm das gesuchte Raumschiff. Und was da als Schweif hinterherflog, das war – zu meiner Verblüffung –

die fast vollständige Inneneinrichtung des Raumschiffes: Sessel, Betten, Zahnbürsten, ein Küchenroboter aus der Baureihe ‚Willy', Bücher, Ersatzteile, Werkzeug, ein Schachspiel, Raumanzüge ... Eine schreckliche Katastrophe mußte geschehen sein."

„Und wo war die Besatzung?" möchte ein Junge wissen.

„Das interessierte mich selbstverständlich am meisten", antwortet Wilhelmine. „Ich ließ den ganzen Gerümpelschweif an mir vorbeifliegen, konnte aber glücklicherweise kein Besatzungsmitglied außerhalb des Raumschiffes entdecken. So fing ich wenigstens den Küchenroboter Willy ein und bemühte mich nun, in der geöffneten Schleuse des Raumschiffes zu landen. Das war gar nicht so einfach. Doch ich schaffte es nach einundzwanzig Saltos, Spiralen- und Schraubenflug."

Wilhelmine macht eine Kunstpause. Dann plötzlich ärgerlich: „Es ist mir unverständlich, wie man einen solch talentierten Roboter wie mich einfach als Märchenoma auf das Abstellgleis stellen kann. Ich protestiere!"

Sie seufzt und fährt fort.

„Ich arbeitete mich bis zur Kommandozentrale des Raumschiffs vor. Auch das war nicht einfach. Nämlich nicht alle Einzelteile flogen im Weltraum umher. Es waren genügend übriggeblieben, um sämtliche Gänge zu blockieren. Vorsichtig öffnete ich die Tür der Kommandozentrale, ich mußte auf alles gefaßt sein. Drin sah es schrecklich aus. Endlich fand ich auch die Besatzung. Zwei Männer und eine Frau. Total entkräftet saßen sie in den Sesseln, kaum ansprechbar. Nachdem ich mir blitzartig einen umfassenden Überblick verschafft hatte, ging ich zum Programmierplatz des Chefcomputers des Raumschiffs, einem Computer aus der Reihe ‚Baldur', einem jener angeberischen Typen, die ich noch nie leiden konnte, und fragte ihn, was denn eigentlich hier los sei.

‚Ich weiß es nicht', jammerte diese dümmliche Ausgabe der jüngeren Robotergenerationen.

‚Weshalb kann das Raumschiff den Kurs nicht halten?' wollte ich von ihm wissen.

‚Ich bin völlig durcheinander', jammerte Baldur. ‚Kaum habe ich den Kurs neu berechnet, bringt mir jemand die Programme durcheinander ...'

‚Wer?' rief ich und schaute mich mißtrauisch um.

‚Ich weiß es nicht', jammerte Baldur. ‚Ich habe keine Objektivaugen ...'

‚Aber ich kann sehen', sagte ich und gab dieser Fehlkonstruktion, die sich Chefcomputer nennt, den Kurs auf Richtung Erdmond ein. Der ‚Flotte Otto' hörte sofort auf, wie ein wildgewordener Feuerwerkskörper durchs Weltall zu kreiseln. Und der Gerümpelschweif flog uns getreulich hinterher. Den konnte ich vielleicht noch brauchen ...

Dann kümmerte ich mich um die Besatzung. Seit Willy über Bord gegangen war, hatten sie nichts mehr gegessen, und nun waren sie völlig entkräftet. Außerdem fehlte ihnen Schlaf. Erst nach einigen Stunden konnte ich mich mit ihnen unterhalten. Der Kommandant hieß Walek Kies, die weibliche Person war seine Frau, Alma Kies, und der Raumschiffpilot hörte auf den wunderschönen Namen Wahnfried Ente. Ich fragte sie, ob sie eine Erklärung für das Durcheinander an Bord hätten. Statt einer Antwort schüttelten sie nur stumm und verzweifelt die Köpfe.

Wahnfried erzählte, daß alles ganz harmlos begonnen hätte. Eines Tages wären sie aufgewacht und mußten bemerken, daß Zahnbürste, Seife und einige andere Gegenstände fehlten. Sie hätten sich gegenseitig in Verdacht gehabt, daß jemand dem anderen einen Streich spielen wollte. Unheimlich wäre es aber schon gewesen. Besonders, als sie bemerkten, daß sich alle vermißten Gegenstände im Weltraum befanden. Dann haben sie sich nicht mehr getraut zu schlafen, denn wenn sie schliefen, wurde die Steuerung des Raumschiffs verändert. Ganz schlimm wäre es geworden, nachdem Willy verschwunden war. Immer wieder wären sie vor Erschöpfung eingeschlafen, und jedesmal wäre der Schaden danach noch größer gewesen.

‚Wieviel Menschen sind an Bord?' fragte ich zur Sicherheit nochmals.

‚Nur wir drei . . .', antwortete Wahnfried Ente und sah mißtrauisch zum Ehepaar Kies.

‚Und welche Roboter und Computer?' fragte ich.

‚Nur Baldur und Willy, der Küchenroboter.'

‚Und wer ist das?' fragte ich und zeigte auf einen kleinen Roboter, würfelförmig, mit dünnen Armen und Beinen.

‚Ach, das ist nur ein Halbroboter', antwortete Walek Kies. ‚Er heißt Schummel-Oskar, ein Spielautomat zur Unterhaltung. Der arme Kerl ist völlig verstört!'

Neugierig ging ich zu Schummel-Oskar, der in einer Ecke des Raumes stand und dümmlich vor sich hin kicherte. Ich beugte mich hinab, um besser zu hören, denn zwischen dem Gekichere glaubte ich Worte zu verstehen. Das klang etwa so: ‚Hi, hi, hi, ho, ho, ho, das ist Spaß, das ist lustig, hi, hi, hi!' Tatsächlich, der kleine Halbroboter war offensichtlich übergeschnappt. Kein Wunder, ein solch einfaches Spielzeug mußte ja in einer solchen Situation durchdrehen.

Also konnte es nur eines der drei Besatzungsmitglieder sein, das sich hier im ‚Flotten Otto' als Weltraumschreck betätigte. Aber wer? Seltsam. Ich beschloß, die Lösung dieses Rätsels der obersten Weltraumfahrtbehörde zu überlassen. Sollten die sich doch den Kopf zerbrechen! Ich würde nur darüber wachen, daß der ‚Flotte Otto' heil und ohne Störungen zurück zum Erdmond kommt. Also schickte ich die Familie Kies und Wahnfried Ente in die Hängematten, denn die Betten flogen ja in mehreren hundert Metern Abstand hinter dem Raumschiff her. Herr und Frau Kies und Wahnfried Ente schliefen zwei Tage, so müde waren sie. Am ersten Tag geschah nichts, was irgendwie ungewöhnlich gewesen wäre. Am zweiten Tag begann ich mich zu langweilen und verließ die Kommandozentrale. In einem Ersatzteilmagazin fand ich eine Ölkanne. Ich ölte meine Gelenke, auf dem blauen Planeten hatte ich dazu keine Gelegenheit gehabt. Ich war gerade beim rechten Knie angelangt, als ich merkte, daß die Rakete ihren Kurs verließ und sich mehrmals überschlug. Sofort begann alles im ‚Flotten Otto' zu schweben, da durch diese verrückten Manöver die künstliche Schwerkraft im Raumschiff ausgefallen war. Ich stieß mehrmals gegen die Decke, dann gelang es mir, die Magnetschuhe einzuschalten. Ich rannte schnell, um nachzusehen, ob jemand die Kabinen verlassen hatte. Doch dort war alles in Ordnung. Die drei Besatzungsmitglieder hatten gar nichts bemerkt, sie schliefen noch immer festgebunden in ihren Hängematten. Ich konnte es kaum glauben, denn nun blieb nur noch ein Passagier übrig, der Baldur verwirren konnte ... Ich lief, so schnell ich konnte, zur Kommandozentrale. Und tatsächlich – Schummel-Oskar spielte auf den Bedienungsknöpfen Baldurs Klavier. Ich fing ihn ein und sperrte ihn in eine leere Kabine. Dann brachte ich das Raumschiff wieder auf den richtigen Kurs ..."

„Und damit ist die Geschichte zu Ende?" fragt Thomas den alten Roboter.

„Nein", antwortet Wilhelmine, „denn nun begann der Fall mich wirklich zu interessieren. Bis zum Erdmond war es noch weit, und ich hatte genügend Zeit, herauszubekommen, weshalb dieser dumme kleine Kerl so gefährlich werden konnte. Und wißt ihr, wer der eigentlich Schuldige war? Walek Kies! Er hatte Schummel-Oskar mit an Bord genommen, um mit ihm Schach zu spielen. Aber Oskar war ein zu guter Spieler, ständig besiegte er Walek Kies. Da kam dieser auf eine seltsame Idee. Wenn er das Spiel fast verloren glaubte, schaltete er Oskar einfach ab und stahl ihm einige Figuren vom Brett, so daß nun Oskar verlieren mußte. Danach schaltete er den Halbroboter wieder ein, und der verlor dann tatsächlich.

Oskar brauchte lange, um zu begreifen, weshalb er immer besiegt wurde. Doch dann wollte er von seinem Partner wissen, was das Ganze eigentlich soll. Walek Kies behauptete, das wäre ein Spaß, das wäre lustig. Den Rest könnt ihr euch vorstellen."

„Nein", sagt Franziska.

„Ganz einfach", ruft Wilhelmine. „Oskar wollte von nun an der Besatzung Spaß bereiten. Ähnlich, wie Walek es ihm gezeigt hatte. Oskar wartete ab, bis alle schliefen, dann warf er Gegenstände über Bord. Also ähnlich, wie es Walek mit Oskars Figuren gemacht hatte. Sicher hätte er auch Baldur über Bord geworfen, aber das ging leider nicht, weil Baldur fest eingebaut war. Aber dabei machte Oskar eine Entdeckung: Wenn er an Baldur herumspielte, begannen alle Gegenstände im Raumschiff zu schweben, und dann war es viel einfacher, sie zur Schleuse und damit in den Weltraum zu befördern. Und der dumme Kerl glaubte die ganze Zeit, das würde der Besatzung Spaß bereiten . . .

Wenn man mit der Technik falsch umgeht, wird sie eben leicht zur gefährlichen Waffe. Wir Roboter sind eben nur für die Aufgaben geschaffen, für die wir gebaut worden sind", brummt Wilhelmine und verstummt.

„Aber du kannst alles!" ruft Franziska schnell. „Du bist doch ein Universalroboter!"

Der kleine Radarschirm auf Wilhelmines Kopf beginnt wieder zu kreisen.

„Erzähl weiter . . .", bittet ein Mädchen.

„Da gibt es nicht mehr viel zu erzählen. Über dem Erdmond schlug ich mit dem ‚Flotten Otto' einen Haken, bremste ab, und wir landeten. Unser Gerümpelschweif flog, der Anziehungskraft des Mondes folgend, an uns vorbei und prasselte einige Kilometer weiter mit Getöse auf die Mondoberfläche und verursachte ein lokales Mondbeben. Walek Kies durfte zwei Jahre lang kein Kommando im Weltraum übernehmen. Schummel-Oskar wurde verschrottet . . ."

„Und was geschah mit dir?" möchte Franziska wissen. „Schließlich hattest du drei Menschen und das Raumschiff gerettet . . ."

„Man steckte mich in die Roboterverleihzentrale, dort mußte ich Fußböden schrubben.“

„Das verstehe ich nicht . . .“, ruft Franziska.

Wilhelmine klappert mit den Objektivaugen.

„Ich hatte den ‚Flotten Otto‘ genau über der Stelle der Mondoberfläche abgebremst, unter der sich die oberste Weltraumfahrtbehörde mit ihren unterirdischen Gebäuden befindet. Dort soll es ganz schön gedonnert haben, als das Gerümpel auf die Mondoberfläche prasselte. Boshafte Menschen behaupteten, ich hätte das mit Absicht getan, um die oberste Weltraumfahrtbehörde zu ärgern. Weil sie mich so lange auf dem blauen Planeten gelassen hatte.“

„Na und? Hattest du es mit Absicht getan?“ möchten ihre Zuhörer vom „Klub der Mondkälber“ wissen.

Da geschieht etwas Seltsames. Merkwürdige Geräusche sind plötzlich im Raum. Hustet ein Bagger, sind Dutzende Preßlufthämmer plötzlich verrückt geworden? Nein, die Geräusche kommen von Wilhelmine.

Der Roboter lacht.

Wilhelmine gruselt's!

Es gibt die Meinung, Wilhelmine wäre im Jahre 2390 der vertrotteltste Roboter des Weltalls. Dem muß widersprochen werden. Allzuleicht vergißt man Otto, der bereits so vertrottelt ist, daß er kaum noch in Erscheinung tritt. Deshalb, und nur deshalb wird mehr von Wilhelmine und ihren Streichen erzählt.

Hannibal Schieberbein ist ein sentimentaler Mensch. Wäre er es nicht, hätte man Otto schon längst verschrottet. Und weshalb das bisher nicht geschehen ist, soll an dieser Stelle auch erzählt werden: Der Roboter hat Hannibal einst das Leben gerettet. Und das geschah so: Hannibal war in eine Gletscherspalte eines Eismeteors gefallen. Otto kam und rettete ihn. Den Auftrag, zur Gletscherspalte zu laufen, hatte Otto schon acht Tage vorher bekommen. Er hatte es aber vergessen. Daß es ihm wieder einfiel, war blanker Zufall, jedoch Hannibals Glück. Es soll auch nicht unerwähnt bleiben, daß Otto zur falschen Gletscherspalte lief – doch vergessen wir es, das Ergebnis entscheidet, Hannibal war vorher in diese hineingefallen, und es gelang ihm auch, Otto dazu zu bringen, ihn herauszuholen.

Diesem Umstand also verdankt es Otto, daß ihn die Schieberbeins auch bei ihrer Expedition zum Sonnensystem „Hulda" mitgenommen haben. Viel hat er allerdings nicht zu tun. Meist steht er nur dümmlich in der Ecke, argwöhnisch von Wilhelmine beobachtet, die nicht glauben kann, daß dies ein Sicherheitsroboter sein soll, der hundert Jahre jünger ist als sie selbst.

Eigentlich haben die Schieberbeins ihren Auftrag bereits erfüllt. Drei Planeten wurden besucht und wichtige Daten gesammelt. Sie könnten zur Erde zurückkehren, wenn es da nicht noch den Planeten „Mystifax" gäbe.

„Wir fliegen zurück", sagt Mutter Schieberbein gerade. „Wir haben keinen diesbezüglichen Auftrag bekommen. Landen wäre zu gefährlich. Nach allem, was man so hört, soll es dort merkwürdige Erscheinungen geben. Unsere Ausrüstung ist für derartige Abenteuer nicht ausreichend. Außerdem sind zwei der Expeditionsmitglieder halbe Kinder, und auf die sogenannten Sicherheitsroboter ist kein Verlaß."

„Mit den halben Kindern meint sie uns", sagt Sabine Schieberbein zu ihrem Zwillingsbruder Tobias.

„Und was die Roboter betrifft, da verstehe ich nur die Hälfte", brummelt Wilhelmine.

„Seid nicht so empfindlich!" ruft Mathilde Schieberbein. „Tatsache ist doch, daß der erste Besucher dieses Planeten nach seiner Rückkehr behauptet hat, auf dem ‚Mystifax' spuke es. Der Mann selbst ist seitdem ein Nervenbündel, seinen Beruf mußte er aufgeben, er züchtet jetzt Goldhamster."

„Was ist das, ‚Spuken'? Ich kenne nur ‚Spucken'!" sagt Tobias.

„Noch nie etwas von Spuk gehört?" meldet sich Wilhelmine zu Wort. „Darunter versteht man Erscheinungen, die mit dem Verstand nichts zu tun haben, angeblich nicht erklärbar sind und deshalb bei Menschen früherer Jahrhunderte Angstgefühle und ähnliches hervorriefen. Diesen Vorgang nennt man auch ‚Gruseln'. Aber wie ich schon sagte – seit Jahrhunderten wurde dieser Unsinn bei Menschen nicht mehr beobachtet. Doch nun muß ich zu meinem Erstaunen bei Mutter Mathilde erste Anzeichen dieser Krankheit feststellen. Denn statt zu landen und sich zu überzeugen, daß dort alles mit rechten Dingen zugeht, glaubt sie unbesehen daran und richtet somit Unheil in den Köpfen ihrer Kinder an."

„Aufregend", flüstert Sabine. „Dort spukt es also. Entschuldigt mich bitte, ich muß mal austreten."

„Sehen Sie", ruft Wilhelmine, „das sind die ersten Anzeichen!"

„Landen!" befiehlt Mathilde tonlos.

Hannibal bringt die „Wilde Hilde", das Raumschiff der Schieberbeins, auf den neuen Kurs. Kurze Zeit später umkreisen sie den Planeten Mystifax.

Zwei Stunden später sitzen sie noch immer am Bildschirm und betrachten die Oberfläche des Planeten. Doch nichts Außergewöhnliches ist zu entdecken. Ziemlich duster scheint es dort unten zu sein, seltsame Wolken fliegen herum, es gibt Berge und Schluchten und Gebilde, die an Bäume erinnern. Unheimliches ist nicht zu entdecken.

„Von wegen Spuk", sagt Wilhelmine, „daß ich nicht lache!"

„Ich habe ja nicht behauptet, auf dem Planeten spuke es", meint Mathilde sich verteidigen zu müssen. „Ich habe nur gesagt, daß es hier merkwürdige Erscheinungen geben soll, gegen die wir – falls es sie tatsächlich gibt – nicht genügend gewappnet sind. Selbstverständlich glaube ich nicht an Spuk und all diesen Unsinn. Ich bin Wissenschaftlerin, und mich erschüttert überhaupt nichts. Ich kenne nichts, das nicht mit dem Verstande erklärbar wäre."

„Da sind wir ja endlich einmal einer Meinung", sagt Wilhelmine. „Aber trotzdem sind Sie bloß ein Mensch. Das heißt, selbst Sie sind nicht vor Ihren Gefühlen sicher. Im Gegenteil zu mir übrigens. Denn ich bin ein Roboter, und ich kenne keine Gefühle, nur manchmal tue ich so, damit Sie etwas zu lachen haben."

„Ach du lieber Himmel!" ruft Hannibal. „Bei euch muß es doch tatsächlich im Oberstübchen spuken. Wilhelmine, du wildgewordener Schrotthaufen auf Beinen, du hast ja auch schon einen Gespensterfimmel."

„Ich bin dafür, jetzt endlich auszusteigen", schlägt Sabine vor. „Ihr geht mir alle miteinander auf die Nerven. Spuk kann nicht schlimmer sein. Ihr habt mich neugierig gemacht. Ich sehe es so: Entweder es spukt tatsächlich, oder es spukt nicht. Aber um das zu erfahren, müssen wir hinunter."

„Ich bin derselben Meinung", sagt Tobias.

„Also gut", sagt die Mutter seufzend.

Die Schieberbeins gehen in ihre Kabinen und ziehen sich die Raumanzüge an. Wilhelmine bleibt alleine in der Zentrale zurück. Aber nein, sie ist doch nicht ganz allein – Otto steht in seiner Ecke und klappert mit den Objektivaugen.

„Die Aufgaben eines Sicherheitsroboters meiner Bauart bestehen darin“, trompetet Wilhelmine, „Menschen vor allen möglichen Gefahren zu schützen. Zum Beispiel vor äußeren Gefahren. Dazu gehören Vulkanausbrüche, Feuersbrünste, Angriffe durch feindliche Lebewesen und so weiter. Meine zweite Funktion ist es, Menschen vor Gefahren zu schützen, die aus ihnen selbst kommen. Das ist hauptsächlich die Angst, die unkontrolliert in ihnen entsteht. Und sie zu besiegen, gibt es nur eine Methode. – Otto!“

„Ja, Wilhelmine?“

„Du wirst spuken. Ich ernenne dich zum einzigen und originalen Spuk des Planeten Mystifax!“

„Zu Befehl, ich spuke!“

„Und wie stellst du das an?“

„Ich stelle mich hinter einen Felsvorsprung und rufe ‚Huhuuuu!‘“

„Trottel, damit kannst du doch nicht eine Frau wie Mathilde Schieberbein erschrecken. Nimm Sprechfunkgeräte mit, erzeuge Geisterstimmen, stelle Nebelwände her, zaubere Bilder darauf. Strenge also dein vertrotteltes Robotergehirn an, zeige, was du kannst, denn das ist deine große Chance. Wenn wir uns erst wieder in der Roboterverleihzentrale befinden, werde ich allen von deinen Taten berichten, und du wirst berühmt sein. Hast du mich verstanden?“

„Nein“, antwortet Otto.

„Das macht nichts“, erwidert Wilhelmine, „Hauptsache ist, du tust, was ich gesagt habe. Eine halbe Stunde nach unserem Start folgst du uns mit dem zweiten Landegerät.“

Wilhelmine wird unterbrochen. Mathilde kommt in die Zentrale.

„Wo bleibt ihr denn?“

„Nur ich komme mit“, sagt Wilhelmine. „Otto bleibt hier. Er

ist unsere Geheimwaffe, falls die Gespenster zu hart zuschlagen ..."

„Nun gut", sagt Mathilde. „Wilhelmine, komm jetzt endlich, wir wollen starten."

Etwa eine Stunde später sagt Hannibal: „Wir müssen dicht beisammen bleiben und versuchen, unser Landegerät wiederzufinden."

Zu diesem Zeitpunkt stehen sie in einer tiefen Schlucht und wissen nicht, wie sie in die hineingeraten sind. Überall scheinen Wände zu sein, Nebel gaukelt die seltsamsten Bilder vor, und eigenartige Stimmen ertönen.

„Da ist es ja, unser Landegerät!" ruft Tobias plötzlich. Und Tatsache, sie wissen zwar nicht, woher es gekommen ist, doch es steht vor ihnen. Sabine rennt schnell hin und will den Einstieg öffnen, und da ... ist es wieder verschwunden.

„Sehr merkwürdig", sagt Mathilde. „Das muß eine Fata Morgana gewesen sein, so eine Art Luftspiegelung. Was meinst du, Wilhelmine?"

„Toll", sagt der Roboter, „das hätte ich dem alten Trottel gar nicht zugetraut."

„Wie meinst du das?" fragt Hannibal.

„Oh", sagt Wilhelmine, „ich meine diesen Planeten hier, diesen Mystifax!"

„Ich beginne zu ahnen, was das Wort Spuk bedeutet", flüstert Sabine, „ich möchte schnellstens hier weg. Mir ist es unheimlich."

„Keine Angst", sagt Wilhelmine. „Ich wette mit dir, auch dafür gibt es eine ganz natürliche Erklärung."

„Und was ist das?" ruft Tobias. Man hört das Heulen eines Hundes. Und plötzlich öffnen sich die Nebelwände, und ein Dackel kommt herbeigerannt. Schieberbeins kennen ihn gut. Es ist ihr Dackel, der auf den schönen Namen Cäsar hört. Das Tier winselt freudig. Doch die Freude ist recht einseitig. Die Schie-

Na du kleines Hundchen ...

berbeins weichen entsetzt vor ihm zurück. Einmal, weil sie Cäsar auf der Erde zurückgelassen haben, und die ist weit, weit entfernt, und außerdem ist dieser Dackel hier groß wie ein Elefant.

„Phantastisch“, flüstert Wilhelmine, „nur mit der Vergrößerung stimmt etwas nicht.“

„Schnell weg von hier“, ruft Sabine weinend und will losrennen. Hannibal kann sie gerade noch festhalten, beinahe wäre sie in ein tiefes Loch gestürzt.

„Hab doch keine Angst“, ruft Wilhelmine. „Auch dafür gibt es eine Erklärung!“

Doch die Schieberbeins hören nicht auf sie. Da läuft Wilhelmine zu dem zu groß geratenen Dackel.

„Na, du kleines Hundchen, du süßer, hübscher! Gib Pfötchen.“

Der Dackel fängt an zu knurren und schlägt mit der Pfote nach Wilhelmine. Der Roboter überschlägt sich.

„Das liebe Tierchen konnte mich noch nie leiden“, murrt sie, während sie sich wieder aufrappelt. Und dann brüllt sie in das Dunkel: „Nun reicht es aber. Na warte, das zahle ich dir heim. Wir sprechen uns noch. Von wegen vertrottelt, ein ganz hinterhältiges Luder bist du!“

Mürrisch winkt sie ab und kommt zurück zu den Schieberbeins. Der Dackel verschwindet im Nichts, und dafür ertönt lautes Lachen.

„Mir genügt es“, sagt Hannibal. „Egal, ob es sich hier um Spuk handelt oder um etwas, das man erklären kann. Ich fürchte mich, und das reicht mir als Warnung. Sabine wäre beinahe abgestürzt. Ab jetzt hört alles auf mein Kommando. Zusammenbleiben, auf nichts rechts und links achten und schnellstens zurück zum Landegerät! Zu diesem Planeten muß eine besser ausgerüstete Expedition. Wilhelmine, könntest du mir erklären, weshalb du die ganze Zeit so dümmlich kicherst?“

Der Roboter gibt keine Antwort, und so laufen die Schieberbeins los und halten sich dabei an den Händen. Um sie herum heult es, jault es, schreit es, seltsame Stimmen locken, Sätze werden geflüstert, bekannte und unbekannte Menschen schweben um sie herum, doch die Schieberbeins lassen sich nicht beirren.

Der Lärm ist derart ohrenbetäubend, daß man Wilhelmines Gegrummel nicht hört: „Dieser Trottel übertreibt. Jetzt reicht es allmählich selbst mir! Sabine so zu erschrecken . . . Und mich einfach zu schlagen. Wenn ich doch nur mit ihm ein Losungswort ausgemacht hätte, wodurch ich den Spuk ausschalten kann . . .“

Nach langer Suche finden sie dann endlich das Landegerät. Diesmal ist es das echte.

Hannibal startet, und Minuten später befinden sie sich an Bord der „Wilden Hilde“. Hannibal verliert keine Zeit, er bringt das Raumschiff schnell auf den Erdkurs.

Blaß und still sitzt die Familie in der Zentrale.

„Also hat es doch gespukt“, bricht Tobias das Schweigen.

„Für alles gibt es eine Erklärung“, sagt seine Mutter mit unsicherer Stimme. „Vielleicht hat jemand von uns an Cäsar gedacht, und irgend etwas auf diesem Planeten ist in der Lage, Gedanken in echte Gestalten umzuwandeln . . .“

„Ja“, ruft Wilhelmine, „das stimmt! Ich weiß sogar, wer das war. Nur die Vergrößerung . . .“

„Du, Wilhelmine, ich muß dir etwas sagen . . .“

„Otto, du hältst den Mund“, ruft Wilhelmine. „Das Ganze war meine Idee, also trage ich auch die Verantwortung.“

„Ich verstehe nicht . . .“, sagt Mathilde Schieberbein, aufmerksam geworden.

„Ja, das ist so“, will Wilhelmine erklären, „also, ich wollte den Kindern ein für allemal die Angst vor Spuk austreiben. Und deshalb . . .“

„Und deshalb . . .“, forscht nun auch Hannibal.

„Wilhelmine!“ Es ist offensichtlich, Otto möchte etwas sagen, doch Wilhelmine läßt ihn einfach nicht zu Wort kommen.

„Und deshalb dachte ich mir, ich organisiere etwas Spuk. Ich wollte ganz sichergehen! Frau Schieberbein mag ja recht damit haben, daß man alles mit dem Verstand erklären kann. Aber die Frage ist doch, wann? Bis dahin haben sich die Kinder ja schon halb kaputtgegruselt. Also, jetzt kommt's – das mit Sabine tut mir übrigens wirklich leid, der Kerl hat da übertrieben – es gibt keinen Spuk. Otto war's!"

Nach dieser Eröffnung bleibt es ein paar Minuten still. Erst allmählich begreifen die Schieberbeins das, was ihnen Wilhelmine eben erzählt hat. Hannibal fragt schließlich ungläubig: „Das alles, das soll von Otto gekommen sein? Und du hast das extra in Szene gesetzt, um uns zu beweisen, daß es nichts gibt, das unheimlich wäre?"

„Ja", brummelt Wilhelmine nun schuldbewußt. „Ich konnte ja nicht ahnen, daß Otto so übertreibt ..."

„Jetzt reicht es mir aber!" brüllt da Otto plötzlich dazwischen. „Jetzt laßt mich auch mal etwas sagen. Es stimmt, ich sollte spuken. Aber als ich losfliegen wollte, fiel mir plötzlich ein, daß ich überhaupt kein Landegerät bedienen kann. Keiner hat es mir erklärt. Also, was ich schon die ganze Zeit Wilhelmine erzählen wollte: Ich habe das Raumschiff keinen Zentimeter verlassen! Ich habe nicht die blasseste Ahnung, wer oder was da bei euch auf dem Planeten gespukt hat."

Die Schieberbeins sehen verdutzt die beiden Roboter an.

Und dann beginnt Hannibal furchtbar zu lachen. Dann lacht auch Mathilde, dann Tobias und zuletzt Sabine.

Und Wilhelmine?

Erst ganz wenig und dann immer stärker ist ein Klappern und Scheppern im Raum zu hören. Dieses Geräusch wird von allen beweglichen Teilen Wilhelmines gleichzeitig erzeugt.

Und als sich die Schieberbeins endlich beruhigt haben und darauf aufmerksam werden, flüstert Wilhelmine: „Mich gruselt's!"

Wilhelmines Tod und Auferstehung

Auch im Jahre 2395 kullert die Erde gelassen durchs Weltall.

Es war bisher kein ungewöhnliches Jahr für die Menschen auf ihr und auf den anderen Planeten, die die Menschheit besiedelt hatte. Die Sonne beschien sie alle, und sie lebten und arbeiteten in Frieden. Sie liebten und stritten sich, waren traurig und freuten sich, und wer glücklich werden wollte, wurde es auch.

Tobias Schieberbein gehört zu denen, die glücklich werden möchten. Voraussetzung dafür wäre aber, daß er Raumschiffkommandant eines Forschungsraumschiffes wird. Doch der Weg bis zu einer solchen Ernennung ist auch im Jahre 2395 lang und beschwerlich. Es wäre ja schlimm, wäre es anders, denn es gäbe kein Glück, läge der Weg bis dahin nicht voller Steine.

Tobias versucht gerade einen solchen Stein zu überwinden.

Eigentlich sind es sogar zwei Steine, und sie haben auch Namen.

Der eine heißt „Hau ruck 25“ und ist ein kosmisches Schrottsammelschiff, und der andere heißt August Rumpelknecht, verdienter Schrottsammler der Galaxis, und ist Kommandant von „Hau ruck 25“.

Tobias ist sein Stellvertreter. Er soll bei Rumpelknecht kosmische Routine und Gelassenheit erlernen. Gelassenheit benötigt Tobias dringend, um August Rumpelknecht überhaupt ertragen zu können. Rumpelknecht sieht aus wie Rübezahl und benimmt sich auch entsprechend.

Gut für Tobias, daß Wilhelmine an Bord ist. Wilhelmine, der uralte Sicherheitsroboter. Seit dem Abenteuer auf dem blauen Planeten sind zehn Jahre vergangen, und seitdem begleitet Wilhelmine die Schieberbeins, wenn sie in den Weltraum fliegen.

Doch in letzter Zeit braucht sie nur noch Tobias zu begleiten.

Seine Zwillingsschwester, Sabine, hat sich nämlich unsterblich in einen jungen Mann verliebt, der auf dem Mars unter erschwerten Bedingungen Wasserleitungen verlegt. Sabine interessiert sich nun nur noch für das Verlegen von Wasserleitungen – auf dem Mars natürlich.

Tobias' Eltern haben sich nicht nur eins, sie haben sich noch drei Babys angeschafft und leben auf der Erde, bis die Kinder so alt sind, daß sie sie mit in den Weltraum nehmen können.

Und so kommt es, daß Tobias der einzige Schieberbein ist, der durch die Unendlichkeit des Weltalls irrt.

„Junger Mann", hatte Rumpelknecht gebrüllt, nachdem „Hau ruck 25" vom Mond gestartet war, „junger Mann, wir kosmischen Schrottsammler sind die letzten Abenteurer des Weltalls. Einsam ist unser Job, wie die Wölfe irren wir durch die Unendlichkeit, immer auf der Suche nach dem himmlischen Schrott!"

„Könnten Sie vielleicht Ihr Stimmchen ein bißchen zurückdrehen", unterbrach ihn da Wilhelmine. „Neben mir ist einmal eine Rakete explodiert, seitdem sind meine Mikrofone etwas empfindlich."

„Ha!" brüllte Rumpelknecht und betrachtete mit wildem Schrottsammlerblick Wilhelmines zerbeulte Karosse. „Sollte ich einmal meine monatliche Norm nicht erfüllen, wird es mir ein Vergnügen sein, dich zu verschrotten."

Seitdem ist das Verhältnis zwischen Wilhelmine und Rumpelknecht etwas gespannt.

Trotzdem arbeiten die drei gut zusammen, ständig auf der Suche nach alten Satelliten und Raketenteilen. Umschichtig überwachen sie den Radarschirm, während „Hau ruck 25" ohne festen Kurs durchs Weltall fliegt.

„Auf die Nase kommt es an, mein Junge!" trompetet Rumpelknecht gerade begeistert, denn eben hat er eine alte, ausgebrannte Raketenstufe entdeckt, sechzig Meter lang und viele Tonnen schwer.

„Dann könnten Sie doch in Zukunft eigentlich Ihre Äuglein schließen. Ihr Wundernäschen macht die gesamte Technik überflüssig“, sagt Wilhelmine.

„Ich fahre jetzt die Fangarme aus!“ Tobias betätigt mehrere Hebel. Rumpelknecht tut so, als habe er Wilhelmines Bemerkung nicht gehört.

Auf dem Bildschirm sehen sie die zwei Fangarme von „Hau ruck 25“, an deren Enden sich starke Magneten befinden. Vorsichtig manövriert Tobias das Raumschiff an die abgebrannte Raketenstufe heran. Als sie parallel zueinander fliegen, schaltet er die Magneten an. Die Raketenstufe ist nun fest verankert.

Sie fliegen Richtung Erde. Ein Bordcomputer errechnet in dieser Zeit den Kurs zum Erdmond, zu einem bestimmten Krater. Immer wieder wird der Flug des seltsamen Gespanns korrigiert, bis dann alles stimmt. Und jetzt kommt Rumpelknechts große Stunde. Er beschleunigt „Hau ruck 25“ auf volle Geschwindigkeit. Mit einem Jauchzer löst er die Verankerung. Mit unvorstellbarer Geschwindigkeit stürzt die ausgebrannte Raketenstufe dem Mond entgegen.

„Ha, ha!“ brüllt Rumpelknecht und schaut begeistert dem zum Stern werdenden Teil hinterher. „Viele Grüße von Rumpelknecht!“

Wilhelmine tippt sich bedeutungsvoll an den Roboterkopf.

„Das war doch wieder ein bißchen zu schnell“, sagt sie, an Rumpelknecht gewandt.

„Na und“, sagt der, „sie sollen wissen, daß es ein Gruß von mir ist.“

Rumpelknechts Hobby ist es, die Kollegen auf dem Mond zu ärgern.

Während alle anderen Schrottsammler bemüht sind, ihre Funde möglichst weich auf unseren Trabanten fallen zu lassen, beschleunigt Rumpelknecht seine Funde extra, so daß die Kollegen auf dem Mond die Köpfe einziehen müssen, wenn Rumpelknecht etwas schickt. Jedesmal gibt es ein Mondbeben. Doch man verzeiht Rumpelknecht die Streiche, weil er tatsächlich der beste Schrottsammler mit den höchsten Erträgen ist.

„Ich fühle es! Das war heute noch nicht der letzte Fund!“ sagt er gerade. Er und Tobias haben sich an den Tisch gesetzt und essen. Wilhelmine steht daneben. „Ich rieche es, ein ganz fetter Brocken schwimmt hier noch in der Nähe und wartet darauf, von uns entdeckt zu werden.“

Ungeduldig springt er auf und geht hinüber zum Radargerät. Eine Weile beobachtet er es, dann setzt er sich kopfschüttelnd wieder hin.

„Sie sollten sich vielleicht einmal das Näschen schneuzen“, sagt Wilhelmine.

„Ha!“ brüllt Rumpelknecht. „Wäre ich mir meiner Sache nicht so sicher, ich würde dich dieser Hülse hinterherschicken. Mit hundertfacher Geschwindigkeit. Aber so ist mir dein Gerede egal, denn ich weiß genau, da ist etwas . . .“

Da steht plötzlich Tobias auf und geht hinüber zum Radargerät und beobachtet es gespannt.

„Ich glaube, du hattest wieder einmal recht“, sagt er leise und pfeift durch die Zähne. „Dort fliegt tatsächlich etwas.“

August Rumpelknecht sitzt schon am Steuerpult.

„Gib mir den Kurs!“ befiehlt er aufgeregt. Tobias sagt ihm die Koordinaten. Die Jagd beginnt.

„Langsam müßte es im Teleskop zu sehen sein“, murmelt Rumpelknecht nach einer Weile. Tobias stellt das Teleskop ein und schaltet die Bildschirmwiedergabe an.

„Da!“ sagt er und deutet auf einen leuchtenden Punkt, der allmählich größer wird.

„Ich möchte ja die beiden Herren nicht unbedingt bei ihren Fangespielchen stören“, sagt Wilhelmine, die das alles gelassen beobachtet hat, „aber ich möchte doch vielleicht darauf aufmerksam machen, daß jener fremde Flugkörper sich auf Erdkurs befindet.“

„Tatsächlich?“ Rumpelknecht ist besorgt. Er befragt den Bordcomputer. Der bestätigt Wilhelmines Meinung.

„Ein irdisches Raumschiff also“, sagt Rumpelknecht enttäuscht, „es fliegt zurück zur Erde.“

„Trotzdem stimmt hier etwas nicht!“ Tobias schaut angestrengt auf den Bildschirm. „Sieh doch nur, August. Hast du ein solches Raumschiff schon einmal gesehen?“

Eine riesige Zigarre, zergliedert in Segmente, kommt auf sie zugeflogen. Das Raumschiff ist mindestens dreihundert Meter lang. Drohend und schweigend durchrast es das Weltall. „Hau ruck 25“ sieht daneben wie ein Spielzeug aus.

Schweigend beobachten sie eine Weile die Erscheinung.

„Außerirdische?“ fragt Tobias schließlich. Rumpelknecht zuckt mit den Achseln.

„Nein“, sagt Wilhelmine plötzlich. „Es ist viel schlimmer. Dieses Raumschiff kommt von der Erde.“

Tobias sieht den alten Roboter erstaunt an. Doch Rumpelknecht hat verstanden, zumindest teilweise verstanden. Sofort wird er wieder hektisch.

„Das wäre der größte Schrotthaufen, den ich je gefunden habe“, murmelt er beglückt. Er betätigt den Computer, und auf dem Bildschirm erscheinen Archivaufnahmen und Informationen über Raketen und Raumschiffe, die in vergangenen Zeiten auf der Erde gebaut worden sind. Bild für Bild sehen sie sich an, natürlich nur Bilder von Raumschiffen, die so groß sind wie dieses.

„Da ist es!“ sagt Rumpelknecht plötzlich.

„Oh, verdammt!“ sagt Tobias, als er den Begleittext liest.

„Ja“, sagt Wilhelmine. „Es ist ein Kampfraumschiff, wie es um das Jahr zweitausend herum auf der Erde in Amerika gebaut worden ist. Es ist bis zum Rande voll Atomraketen gestopft. Sie reichen aus, um die Erde zu vernichten.“

„Herrlich“, ruft Rumpelknecht. „Das ist der idiotischste Schrotthaufen, der mir je begegnet ist. Es wird mir eine Freude sein, ihn einzufangen und ihn seiner Bestimmung zu übergeben."

„Unsinn", sagt Wilhelmine. „Es wäre viel zu gefährlich, diese Riesenbombe weiter diesen Kurs fliegen zu lassen."

„Aber woher kommt es?" ruft Tobias. „Und wer lenkt es zur Erde. Vielleicht sind sogar noch Menschen an Bord."

„Das werden wir herausbekommen", sagt Rumpelknecht. Er läßt die Greifarme ausfahren, und vorsichtig legt das kleine Raumschiff an dem Riesen an.

Während die beiden Männer Raumanzüge anziehen, studiert Wilhelmine an Hand der alten Pläne, wo sich die Einstiegluke des Raumschiffes befindet.

Kurze Zeit später schweben sie durch die Schwärze des Alls hinüber zu dem unheimlichen Riesen. Sie finden die Einstiegluke, und sie läßt sich auch öffnen. Vorsichtig steigen sie ein. Drinnen umgibt sie absolute Stille. Kleine Lämpchen brennen in den Gängen.

Vorsichtig laufen sie bis zur Kommandozentrale. Dort sind die Wände mit Anzeigetafeln bedeckt. Lichter glimmen auf und verlöschen.

„Das Raumschiff scheint voll funktionstüchtig zu sein", sagt Wilhelmine, nachdem sie einen kurzen Blick auf die Anzeigen geworfen hat.

„Was ist denn das!" ruft im nächsten Augenblick Rumpelknecht erschrocken. Tobias und Wilhelmine laufen zu ihm hin. Entsetzt zeigt Rumpelknecht auf etwas im Sessel des Kommandanten. Es ist eine Mumie, ein vertrockneter Toter, bekleidet mit einer Uniform.

Schweigend betrachten sie den schrecklichen Fund.

„Wie lange ist er schon tot?" flüstert Tobias.

Wilhelmine nimmt ein schwarzes Heft in die Hand, das aufgeschlagen vor dem Toten liegt.

„Kannst du das lesen?" fragt Rumpelknecht.

„Die letzte Eintragung ist vom 14. August 2344. Also ist der

Mann seit fünfzig Jahren tot.“ Wilhelmine liest eine Weile. „Macht euch auf alles gefaßt“, sagt sie plötzlich, „die Erde schwebt in höchster Gefahr!“

„Lies vor!“ befiehlt Rumpelknecht.

„Darf ich auch gleich übersetzen?“ fragt Wilhelmine anzüglich. „Es ist nämlich Englisch.“ Doch dann liest und übersetzt sie.

„Letzte Eintragung des Kommandanten William Miller, Kommandant des Raumschiffes ‚Peacemaker‘.

Wenn auch mit dreihundertfünfzig Jahren Verspätung und nachdem hier an Bord fünf Generationen Menschen gelebt haben, kehren wir nun zur Erde zurück, um sie befehlsgemäß zu vernichten. Vor dreihundertfünfzig Jahren kam der Befehl von unserem Präsidenten, den Angriff zu starten, da man im Begriff sei, ihn zu vernichten. Wir starteten, doch dann fiel unser Bordcomputer aus. Wir verschwanden im Weltall. Erst nach Jahrzehnten gelang es uns, den Computer zu reparieren. Weitere Jahre dauerte es, unseren Standort zu bestimmen und den Erdkurs zu finden. Nun ist es geschafft. Ich bin der letzte der Besatzung. Das Raumschiff und die Atomsprengköpfe sind programmiert. Indem das Leben auf der Erde zerstört wird, hat sich der Sinn unseres Lebens erfüllt!“

„Wahnsinn!“ ruft Rumpelknecht entsetzt. „Diese Wahnsinnigen! Und was war das nur für ein Präsident!“

„Ein Verbrecher“, sagt Tobias, sich an seine Geschichtskenntnisse erinnernd. „Er wollte mit aller Gewalt den Sternenkrieg. Bis er dann vom Volk gezwungen wurde, abzutreten.“

„Und der Befehl an dieses Raumschiff, die Erde zu vernichten, war seine letzte Rache“, sagt Rumpelknecht.

„Und nun?“ ruft Tobias verzweifelt, dem plötzlich richtig bewußt wird, welche Gefahr der Menschheit droht. Denn unablässig rast das Raumschiff der Erde entgegen.

„Ein Funkspruch, wir müssen sie warnen!“ sagt Rumpelknecht.

„Sinnlos!“ ruft Wilhelmine. „Genauso wie es sinnlos wäre,

Hilfe anzufordern. Bis dahin sind die Atomraketen unter Umständen abgeschossen. Ein Raumschiff anzufordern, das in der Lage ist, dieses hier zu zerstören, käme auch zu spät. Nein, wir müssen hier und jetzt etwas unternehmen.“

„Kommt“, ruft Rumpelknecht plötzlich aufgeregt. „Wir drehen es um und schicken es zur Sonne!“

„Hauptsache ist, es gelingt auch“, sagt Wilhelmine skeptisch.

Minuten später sitzen sie im „Hau ruck 25“ und bringen beide Raumschiffe auf den neuen Kurs. Sie beschleunigen sie und . . .

„Diese verfluchten Hunde“, brüllt Rumpelknecht.

Die Automatik des Raumschiffes „Peacemaker“ hat sich eingeschaltet. Blaue Flämmchen züngeln aus seitlichen Triebwerken – beide Raumschiffe rasen wieder Richtung Erde.

„Was nun?“ fragt Tobias tonlos.

„Ich fliege nochmals hinüber“, sagt Wilhelmine plötzlich und verläßt die Zentrale. Tobias und Rumpelknecht sehen ihr erstaunt nach. Da meldet sich Wilhelmine schon über Funk.

„Die Handsteuerung funktioniert“, ruft sie, „aber sobald man sie nicht benutzt, schaltet sich wieder die Automatik ein. Es gibt nur eine Möglichkeit: Ich bleibe hier an Bord.

Kommandant Rumpelknecht, Sie werden mich entschuldigen, Wilhelmine meldet sich ab. Tut mir leid, daß ich Sie um diesen herrlichen Schrotthaufen der Geschichte bringe, aber in der Sonne ist er am besten aufgehoben.“

Klick! Wilhelmine hat den Funk abgeschaltet. Gebannt sehen Tobias und August auf den Bildschirm. Tatsächlich, das Raumschiff „Peacemaker“ verändert seinen Kurs, es fliegt nun der Sonne entgegen. August löst schnell die Verankerung und bringt den Schrottsammler auf Erdkurs.

Vierzehn Tage später landet „Hau ruck 25“ auf dem Mond. Tobias und August erstatten in der obersten Weltraumfahrtbehörde Bericht.

Es wird beschlossen, niemandem von der unheimlichen Begegnung und der großen Gefahr, in der die Erde und die Menschheit schwebten, zu erzählen.

Ein Gespenst kam aus der Vergangenheit, und in der Sonne wird es spurlos verglühen. Und mit ihm Wilhelmine.

Stimmt das wirklich?

Gerade an diesem Tage soll es geschehen, daß das Raumschiff die Sonne erreicht.

Alle Teleskope der obersten Weltraumfahrtbehörde sind auf sie gerichtet. Doch nichts ist zu sehen. Groß und ungeheuer gleichgültig verschlingt die Sonne das, was die Erde vernichtet hätte.

Tobias ist traurig. Er möchte sich gegen dieses Gefühl wehren, doch es gelingt ihm nicht ganz. Er hat sehr an dem alten Roboter gehangen. Selbst bei August Rumpelknecht ist eine Träne im Vollbart zu entdecken. Aber nur, wenn man genau hinsieht.

Zeus, der Chef der obersten Weltraumfahrtbehörde, beobachtet lächelnd die Szene.

„Kommt mal mit", sagt er plötzlich.

Sie fahren in die Roboterverleihzentrale. Tobias wird ganz seltsam zumute. Zehn Jahre ist es her, daß er den alten Universalroboter hier kennenlernte.

Und plötzlich glaubt Tobias zu träumen, da steht doch . . .

„Darf ich euch Wilhelmine vorstellen", fragt Zeus. Er schaltet den Hauptschalter an. Der Roboter klappert mit den Objektivaugen.

„Hallo, Zeus, hallo, Tobias", sagt er. „Ich langweile mich hier, gibt es endlich etwas zu tun?"

„Wie ist das möglich?" flüstert Tobias.

„Eine vollkommene Nachbildung", sagt Zeus. „Mehr noch, es ist Wilhelmine. Alles, was Wilhelmine wußte, was sie erlebt und gelernt hat, ist auch in diesem Roboter. Roboter sind austauschbar. Diese Wilhelmine ist nun eure Wilhelmine. Nur, das letzte Abenteuer kann sie nicht kennen. Kurz bevor ihr losgeflogen seid, war Wilhelmine das letzte Mal hier und hat in unserem Auftrag ihr Spiegelbild programmiert. Dies hier ist Wilhelmine und ab heute die einzige Wilhelmine."

„Wann geht es denn endlich los?" mault der Roboter. „Und wer ist eigentlich dieser schweigsame Mensch mit dem verwilderten Bart, den ihr da mitgebracht habt."

„Es ist wirklich Wilhelmine", trompetet August Rumpelknecht und betrachtet den Roboter mit wildem Schrottsammlerblick.

Wilhelmine möchte ein Nachwort

Eigentlich wollte ich schlafen.

Ich zählte Schäfchen, dachte darüber nach, daß ich nicht daran denken darf, daß ich eigentlich einschlafen will ... Da sah ich plötzlich Wilhelmine vor mir. Wohlgemerkt: Nicht so, wie bei unseren zwei Begegnungen einst, also nicht körperlich – nein, sie war einfach als Bild in meinem Kopf und sah mich an. Ich versuchte probeweise, sie zu verdrängen, an etwas anderes zu denken, es half nichts.

Im Gegenteil, plötzlich begann sie zu reden.

„Sei nicht so zimperlich, ich bin es doch nur, Wilhelmine."

„Nicht so laut", sagte ich, „meine Frau schläft und der Junge auch ..."

„Keine Sorge", beruhigte mich Wilhelmine. „Ich benutze den Traumsender. Das ist zwar strengstens untersagt, aber ich muß einfach nochmals mit dir reden."

„Komm morgen wieder", murmelte ich, denn gerade wurde ich so richtig schläfrig und legte mich auf die Seite, „komm mit der Zeitmaschine ..."

„Abgeschafft! Warte, schlaf nicht ein, uns bleibt nicht viel Zeit! Ja, die Zeitmaschinen sind verboten worden. Bis auf weiteres, es sind zu viele Pannen passiert. Hör zu, ich will, daß du ein Vorwort schreibst!"

Plötzlich war ich hellwach. „Was soll ich schreiben?"

„Ein Vorwort. Na, du weißt schon. Für die Wilhelmine-Geschichten. Schließlich sind sie von mir. Ich habe ein Recht darauf, es zu verlangen!"

„Das geht nicht", entgegnete ich. „Vorwörter sind unmodern. Man langweilt sich, bevor das Buch überhaupt beginnt."

„Dann will ich, daß du ein Nachwort schreibst!"

„Aber warum denn nur?"

„Ich habe die Geschichten gelesen, so wie du sie aufgeschrieben hast ..."

„Na und, bist du unzufrieden?“

„Nun ja“. Ich sah, wie Wilhelmine vorsichtig um sich schaute. Das verwunderte mich. Und jetzt flüsterte sie sogar.

„Nun ja, die Fakten scheinen ja alle zu stimmen. Aber manchmal ... An einer Stelle schreibst du zum Beispiel, daß ich vertrottelt sei – Hilfe!“

Erschrocken richtete ich mich im Bett auf. Wilhelmine war verschwunden.

Meine Frau schlief ganz ruhig, und mein Sohn schniefte leise. Ich mußte wach bleiben. Etwas geschah im vierundzwanzigsten Jahrhundert, und nun wurde ich neugierig. Und richtig, nach etwa zehn Minuten kehrte der Roboter vor mein geistiges Auge zurück.

„Was war denn?“ fragte ich.

„Alle verrückt geworden“, rief Wilhelmine aufgebracht. „Total durchgedreht!“

„Wo befindest du dich eigentlich?“

„Auf dem Planeten L 21, genannt ‚der Liebesplanet‘“, brummte Wilhelmine wütend. Und dann ärgerlich: „Alles dämlicher Aberglaube. Von wegen Liebesplanet, daß ich nicht lache. Weißt du, mit wem ich hier bin? Mit Sabine Schieberbein und ihrem Wasserleitungsmonteur vom Mars. So ein Unsinn! Die beiden waren ja schon total ineinander verknallt, als sie hierher flogen. Aber nun zu dem Nachwort, ich möchte da einiges richtigstellen ...“

„Und was wollen Sabine und ihr Freund auf dem Liebesplaneten?“ Ich ließ nicht locker.

„Fauler Zauber“, rief Wilhelmine. „Vor ein paar Jahrzehnten wurde dieser komische Himmelskörper entdeckt. In dem Raumschiff waren Männer und Frauen, die sich eigentlich nicht sonderlich leiden konnten. Als sie diesen blöden Planeten betraten ... Ist auch egal. Also schreib für mich das Nachwort und betone, daß ich nicht vertrottelt bin, nur manchmal etwas sonderbar. Und das ist schon ungeheuer wichtig, denn sonst hätte man mich schon längst verschrottet – durchschnittliche, stinknormale Roboter gibt es genug."

„Und was geschah mit der Besatzung des Raumschiffes?"

„Weiß ich nicht", erwiderte Wilhelmine, und ich sah, wie sie unruhig lauschte. „Aber als sie auf die Erde zurückkamen, waren sie alle Paare und sind es heute noch und haben eine Menge Kinder in die Welt gesetzt ... Seitdem fliegen alle Liebespaare zu diesem Planeten, verbringen hier ein paar Wochen, und dann heiraten sie ...

Schreib vor allem, daß diese Geschichte mit dem Wetter unvollständig ist. Kurze Zeit später wurde ich mit neuen Ersatzteilen ausgestattet."

„Also gut", rief ich. „Schreib das Nachwort selbst!"

„Das geht nicht", sagte Wilhelmine traurig.

„Weshalb nicht?" fragte ich zurück.

„Was passiert, wenn du Kindern deiner Zeit von den Begegnungen mit mir erzählst? Hast du es überhaupt schon einmal versucht?"

„Natürlich! Wenn ich in einer Schule bin und Wilhelmine-Geschichten vorlese, sage ich, daß ich sie mir nicht ausgedacht habe, denn soviel Phantasie besitze ich nicht, sondern, daß du es warst, die sie mir erzählt hat."

„Und was passiert dann?"

„Nun ja, die Kinder glauben mir nicht. Sie lachen dann immer ..."

„Siehst du", rief Wilhelmine. „Es hat keinen Sinn. Also, setz dich nochmals an die Schreibmaschine ... Entschuldige, ich muß mich schnell verstecken, da kommt dieser Verrückte ...!" Und wieder war sie verschwunden. Diesmal hatte ich genug Zeit zum Nachdenken.

Hatte ich Wilhelmine vielleicht falsch verstanden. Waren mir tatsächlich beim Erzählen ihrer Geschichten Ungenauigkeiten unterlaufen? Möglich, aber dann unbeabsichtigt, ich hatte mir wirklich Mühe gegeben.

Diesmal dauerte es zwanzig Minuten, bis sie wieder erschien.

„Nun erzähl endlich", drängte ich sie. „Weshalb bist du so unruhig, weshalb mußt du dich verstecken?"

Wilhelmine wirkte verwirrt.

„Also, die Sabine hat mich mitgenommen. Sie und ihr Leitungsbauer. So, wie man sich bei längeren Reisen eben einen Roboter mitnimmt. Zur Unterhaltung und für kleinere Arbeiten. Aber eigentlich brauchen sie mich nicht. Sie gehen den ganzen Tag spazieren, erzählen sich alles, was sie bisher so erlebt haben und von dem der andere noch nichts weiß. Alle, die hier sind, halten es so. Und alle haben Roboter mit. Und da gibt es einen, der heißt Julius Vergißmeinnicht. Der blödsinnigste Name, auf den je ein Roboter gehört hat. Also dieser Julius – ach, vergiß ihn.

Zurück zu dem Nachwort, das ist viel wichtiger. Also, was tust du, wenn du merkst, die Kinder glauben dir nicht, daß es mich wirklich gibt?"

„Ich streite mich nicht. Ich lache mit."

„Und alle glauben, du wärest der Erfinder der Geschichten. Ich verstehe. Und was geschieht dann weiter?"

„Ich beantworte Fragen."

„Welche, zum Beispiel?"

„Weshalb ich mir all diese Wilhelmine-Geschichten ausgedacht habe."

„Und was antwortest du?"

„Na ja, um ehrlich zu sein – ich erzähle dann nicht mehr von dir. Ich sage, daß ich in meiner Kindheit – und später auch noch – manchmal utopische Literatur gelesen habe und mich bei der Lektüre oft gestört hat, daß Kinder darin nicht vorkamen. Und daß die in diesen Geschichten beschriebene Welt oft so gewesen ist, daß man sich wirklich nur schwer Kinder in ihr vorstellen kann. Und dann sage ich, aus diesem Grund waren die Wilhelmine-Geschichten entstanden. Denn schließlich würden aus Kindern Erwachsene, und sie haben dann wieder Kinder . . . Und bald beginnt ein neues Jahrtausend . . . Und ich wollte die künftige Welt so darstellen, daß es Spaß macht, für sie zu leben, zu arbeiten . . . Und daß es auch gerade deshalb Spaß macht, weil sich Kinder in ihr wohl fühlen sollen. Deshalb hätte ich meine Geschichten geschrieben."

Wilhelmine blieb lange still. Offenbar dachte sie nach.

„Es ist gut so", sagte sie endlich. „Vermutlich ist das, was du tust, richtig. Welche Rolle spielt es schließlich, ob es mich gibt oder nicht. Die Zukunft wird es zeigen."

Ich hatte mich inzwischen wieder beruhigt. Ich war richtig aufgeregt gewesen, weil ich glaubte, mich rechtfertigen zu müssen, aber Wilhelmine hatte mich verstanden, und so war alles gut.

„Und was ist mit Julius Vergißmeinnicht?" fragte ich schüchtern.

„Dieser blöde Planet hier", polterte Wilhelmine los. „Nicht nur die Menschen drehen durch. Bei denen verstehe ich es ja irgendwie, nein, sogar die Roboter beginnen zu spinnen. Dieser Julius verfolgt mich den ganzen Tag. Stell dir vor, er hat mir zu Ehren eine Ballade gedichtet! Und vorhin kam er mit einem Ölfläschchen und wollte meine Gelenke schmieren, weil sie angeblich quietschen. Andererseits . . ."

„Was ist andererseits?" fragte ich, als Wilhelmine nicht weitersprach.

„Andererseits, er ist wirklich ein stattlicher Roboter . . . Was soll ich nur tun?"

„Wenn er wiederkommt, versteck dich nicht, laß dir deine Gelenke schmieren!"

„Meinst du wirklich?"

„Ja", sagte ich.

Und dann verschwand Wilhelmine. Vermutlich war im selben Augenblick Julius auf der Bildfläche erschienen, und Wilhelmine hatte schnell den Traumsender ausgeschaltet, denn ihn zu benutzen ist ja eigentlich verboten.

Ich lauschte noch eine Weile den Atemgeräuschen im Zimmer, dann schlief ich ein.

Und ein paar Tage später habe ich das Erlebnis jener Nacht aufgeschrieben.

Ich war es, so glaubte ich, Wilhelmine schuldig. Oder was meint ihr?

Inhaltsverzeichnis

ISBN 3-358-00961-0

2. Auflage 1989

Lizenz-Nr. 304-270/345/89
Gesamtherstellung: Karl-Marx-Werk Pößneck V15/30
LSV 7511
Für Leser von 10 Jahren an
Bestell-Nr. 632 933 8
00520